# हवा का
# झोंका थी वह

# हवा का झोंका थी वह

अनिता रश्मि

विद्या विहार, नई दिल्ली

प्रकाशक : विद्या विहार
19, संत विहार (पहली मंजिल), गली नं. 2, अंसारी रोड, नई दिल्ली–110002
 / संस्करण : प्रथम, 2023 / मूल्य : तीन सौ रुपए
मुद्रक : आर–टेक ऑफसेट प्रिंटर्स, दिल्ली ISBN 978-81-960864-0-4

**HAWA KA JHONKA THI VAH**
*Stories by* Smt. Anita Rashmi ₹ 300.00
Published by **VIDYA VIHAR**
19, Sant Vihar (First Floor), Street No.2, Ansari Road, New Delhi-110002

***समर्पित***

*झारखंड के गुमनाम शहीदों*
*और*
*हर श्रमशील शख्स को,*
*जो जीवन को जीवन*
*बनाता है*

# अनुक्रम

# 1

# हवा का झोंका थी वह

मीनवा नाम था उसका। यूँ तो मीना नाम रखा गया होगा, पर मीना से मीनवा का सफर तय करते कितनी देर लगी होगी उस नाचीज को।

उसकी याद जब भी आती, हवा के ताजे झोंके-सी ही आती। ऐसी बात नहीं कि वह खूबसूरती की बेमिसाल तस्वीर थी, बल्कि उसे बदसूरतों की श्रेणी में रखना ही सही है। काली-काली जुल्फों के बीच वही काला चेहरा, गुदनों से भरा चेहरा। नाक पकौड़े सी फूली, जिसके दोनों ओर बड़ी सी गिलट की लौंग। कानों में अनगिनत तिनके डाल मोटे छेद को और भी मोटा करने की साजिश। एक साधारण अनगढ़ जूड़ा। उसमें खुँसे उड़हुल के फूल की चमक। गले की काली धारियों में काले-काले गुदने के नेकलेस। माथे पर गुदने की बिंदी। हाथ में गुदने का कंगन, पाँवों में गुदने की ही मोटी सी पाजेब। इन सबसे सजी मीनवा में कुछ भी तो असाधारण नहीं था। एकदम प्राकृतिक।

फिर भी वह जब याद आती, हवा के ताजे झोंके-सी ही याद आती।

बिना थके अनवरत काम करती। जब सफाई से गोल-गोल घुमाते हुए पूरे कमरे में पोंछा लगाती, सोफे पर बैठे हम उसकी सफाई पर चकित रह जाते। अक्सर वह जब उमंग से लबालब भरी होती, अपने गाँव की कहानी कहा करती। बताती कि कैसे पति को छोड़ देने और नया घर बसाने में वह तनिक नहीं हिचकती थी। उसने दो-दो पतियों का घर-संसार त्यागा था। मैं जानकर चौंकी थी।

"हाँ! छोइड़ देलि दीदी, का तरि रहतली।"

"क्यों? क्या हुआ था?"

जवाब में उसने बताया था कि पहले पति का साथ उसने अखरा में चुना था। ब्याह किया था शौक से सोलह बरस की मीनवा से, फिर दूसरे के घर जाने लगा था···रात-बिरात। कई बार तो रात-रात भर वहीं रहता। तब एक ही झटके में मीनवा ने उसे त्याग, दूसरे का दामन थाम लिया था।

दूसरा क्रूर था। मीनवा भूल नहीं पाती।

"आपन छऊआ के कसाई लेखि मारत रहे, दीदी! बोल का लखे नय छोड़ते? हाथ-गोड़ जला देता था।"

वह मुझसे ही प्रश्न करने लगती। मैं हतप्रभ। मनचाहा कर लेना कितना आसान है इसके लिए। जिंदगी की सारी जिल्लत झेलते हुए भी उस समय आभिजात्य वर्ग की स्त्रियाँ दामन छुड़ा नहीं पाती थीं। उनकी जिजीविषा उनकी छटपटाहट बनकर रह जाती, लेकिन छुटकारे का उपाय आसान नहीं होता।

तिक्त-रिक्त संबंधजनित तड़फड़ाहट उनकी नसों को लाख तड़पाती रहे, बँधे रहने की स्थिति झेलते हुए वे बस घुटा करती थीं···अंदर-ही-अंदर सुलगती हुईं। फल होता था, मानसिक-शारीरिक विकारों का प्रकोप।

मीनवा अब अपने मनचीता पति के साथ थी। वह झारखंड आंदोलन का क्षेत्रीय स्तर का नेता था। मीनवा को उस पर बड़ा अभिमान था।

मैं छेड़ती थी—"क्या मीनवा, तेरा पति नेता है, इसीलिए तू सबसे उलझती रहती है?"

वह फिक से हँस पड़ती थी। धवल दंत पंक्तियाँ दिखाती मीनवा का काला रंग और गहरा उठता।

"फिर क्यों घमंड है उस पर?"

"घमंड नहीं होगा!" वह हिंदी बोलने की कोशिश करती, फिर अपनी भाषा पर उतर आती थी—"ऊ कतइक बड़का-बड़का बात करेला। उकर इजाइत कतइक आहे।"

"वह अलग राज्य की माँग करता है, क्या यह उचित है?"

"कैसेन उचित नखे। उ कहेला, झारखंड अलग होई, तो हमन सोउबे के आपन हक मिली। हमीन सोउब खुसी से रहेक परोब। हिंया के एतेक संपदा बहरे नीं जाइ।"

मैं जानती हूँ, अपने पति को जुलूस में सबसे आगे देख वह मन में बहुत संतोष का अनुभव करती थी। जुलूस में वह भी शामिल रहती थी। उसके हाथ में परंपरागत तीर-धनुष, होंठों पर नारा—झारखंड अलग करो।...अलग करो।"

माथे पर पसीने की चुहचुहाहट, मन में संतोष की लहर।

आगे-आगे नारा लगाते हुए चलते परसु की गरिमामय चाल को सगर्व निहारती मीनवा का रोम-रोम पुलक उठता था।

पीठ में बेतरा बाँध, जब वह अपने नन्हें, गदबदे बच्चे को कंगारू के पेट में छिपाए बच्चे सा छिपा लेती, मैं मंत्रमुग्ध रह जाती। पीठ के बेतरा में बच्चे को रख संपूर्णता के साथ झटपट निपटाए जाते सारे कार्य। यथा—बरतन धोना, कपड़े धोना, मसाला पीसना आदि दंग करने के लिए काफी थे।

नींद की खुमारी में डूबा बच्चा, काम में वह।

कभी-कभार उसका बच्चा गमछा बिछाकर नीचे लिटा दिया जाता, तब मैं सर्द मौसम में उसे उस तरह नंग-धड़ंग सोते देख दाँतों तले उँगली भी दबाती, अपने बेटे से तुलना भी करने लगती थी। गरम कपड़ों में छुपा मेरा लाल मात्र टोपी नहीं रहने से सर्दी का शिकार हो जाता है, उसे खाँसी-बुखार हो जाता और मीनवा का बेटा एक पतली बुशर्ट में जमीन पर लेटा रहता। दो शर्ट और दो स्वेटर खरीद दिए मैंने, लेकिन वह उसे कम कपड़ों में ही धूप में लिटा देती थी।

एक दिन मीनवा ने आग्रह किया था, "दीदी, हमर घर चलउ नीं। आइज करमा आहे। सब मन हड़िया पी के नचबंय। बड़ा मजा लगी। चलो न दीदी, चलो न।"

मैं उसके अचल आग्रह को टाल नहीं सकी थी। उसके उस अनुरोध ने मेरे आभिजात्य संस्कार को लगभग ठेलकर उसके घर के बाहर ला खड़ा किया था।

वहाँ पीने-पिलाने के दौर के बाद नाच-गाने का माहौल गरम था। बस रोटी-से-रोटी तक के सफर में लीन रहनेवाले इन मेहनतकशों की जिंदगी में यह अद्‌भुत उल्लास। इतना उछाह…लगता नहीं था कि इनको मात्र भरपेट भोजन की चाह है। तब तक मैंने इन मशक्कत में लीन रहनेवालों को मात्र रोटी-भात के लिए लड़ते-झगड़ते देखा था।

उसका नेता पति परसु भी तो दो जून की रोटी जुटाने के लिए कहीं मजदूरी ही करता था। दोनों के लगातार काम से उनका परिवार चलता था। बूढ़े माँ-बाप, एक विकलांग बहन भी तो साथ थी।

करमा के दिन अपनी पड़ोसिनों की लाल-पीली या लाल किनारी की सफेद साड़ियों के बीच वह नारंगी साड़ी में अलग नजर आ रही थी। मेरी दी हुई साड़ी उसने पहन रखी थी।

मांदर पर थाप पड़ी, तो आमने-सामने झुंड बना, हाथों में हाथ डाल वे सब झूमर खेलने लगे थे। मांदर की मदमाती थाप पर एक लय में झूमते स्त्री-पुरुषों का कतारबद्ध झुंड। गीतों की मादकता साथ बह रही थी।

करमा पर्व की तरह ही प्रकृति का त्योहार सरहुल उनके अनगिन उल्लासमय पर्वों में से एक। मैंने मीनवा से प्रकृति पर्व सरहुल का जुलूस भी देखने की इच्छा जाहिर की थी और उस समय करमा के उनके आनंद में डूब गई थी। हँसी-ठठ्ठे का बाजार गरम था। मैं उनकी लयात्मकता में खो-सी गई थी।

मुझे गौर से देखता देख वे दूने उत्साह से भर गए। उनकी गति और मदमस्त हो उठी। साथ में गीतों के बोल। एक के बाद एक गीतों के बोल बहते जा रहे थे।

गीत-संगीत, नृत्य से भरे इस वातावरण में अचानक मेरी नजर खाट की जगह-जगह से टूटी रस्सियों पर गई। इनके घरों के बाहरी छप्परों से लटके फूटे घड़ों ने ध्यान खींचा और हँड़िया के नशे में चूर वहीं पड़ी खाली डेगची, कटोरों-गिलासों ने भी। घड़ों से कबूतर गुटर-गूँ कर रहे थे। किसी-किसी घर के बाहरी बरामदे में नगाड़े पड़े थे। प्रायः हर घर के बाहरी बरामदे में कोई-न-कोई देशी वाद्ययंत्र पड़ा था। कहीं दीवारों पर खेती के औजार लटकाए गए

थे। जुराठ भी कई घरों की दीवारों पर नजर आया। किसी बरामदे में जाता, तो किसी पर ढेकी (चावल कूटने के लिए बना औजार)।

इन सब पर नजर डालती मैं लड़कियों के नवीनतम आडंबरों को भी परख रही थी। बालों में लंबे-लंबे फूलदार पौधे तिरछे जूड़े की शोभा बढ़ा रहे थे। हँड़िया पीकर नाचते-झूमते शरीर एवं कमर की लोच में खोंसा गया आँचल घुटनों तक बँधी साड़ी को देह से चिपका रहा था। पाँवों में गिलट या चाँदी की पाजेब, कान में चाँदी के बड़े-बड़े टॉप्स या झुमके, गले में तगड़ी हँसुली। गुदने का स्थायी श्रृंगार तो था ही।

हाथों में हाथ डाले उनकी देह और मन के साथ मर्दों को भी झूमते देखा था। पैरों तक बँधी धोती, कमीज, सिर पर लाल डोरिया गमछा। माथे के बीचोंबीच तिलक की लाली, गले में मांदर या ढोल की रस्सी। मांदर, ढोल या विशाल नगाड़ों पर मचलते-लरजते हाथ। कभी जनाना झूमर, कभी मर्दाना झूमर! कहीं-कहीं दोनों का साझा झूमर।

मैंने मीनवा का घर चारों ओर से घूमकर देखा था। इतनी खूबसूरती से मिट्टी से लीप, गेरू से सजाया गया था कि उसकी कला पर आश्चर्य होता था।

"मीनवा, यह डिजाइन तुमने बनाया है?"

"दीदी हाँ! ई मोर, झंडा, बाँस, हरिन, शेर सब हम बनाए हैं।"

"और इतना गोल-गोल सुंदर ढंग से लीपना कहाँ से सीखा?"

"हिंया तो सब वैसने नीपते हैं दीदी। बेस लगलक?"

कुछ दिनों से वह कुछ-कुछ हिंदी बोलने लगी थी।

मैं उस अनुपम सौंदर्य के देहातीपन के बावजूद अभिभूत थी, "हाँ! बेहद! विचित्र और कल्पनातीत!"

"का?" वह समझ नहीं सकी।

मैंने बस्ती के अन्य घरों को भी देखा। सब घर वैसे ही कलात्मक ऊष्मा से भरपूर। सबके घर के बाहर एक छोटी सी बारी, बाड़ से घिरी। उसी बाड़ पर झिंगी, कद्दू, भतुआ की बेलें चढ़ी थीं। सभी की बारी को गोबर से लीपा गया था।

प्रकृति के लोगों के प्राकृतिक सौंदर्य से भरी कला थी वह।

घर के अंदर ले गई वह मुझे। साफ बिछी चादरवाली चौकी पर बिठाया। छोटा सा एक कमरा, जिसके एक तरफ रसोई की व्यवस्था। सामने ही ताखे पर मिट्टी तेल (किरोसिन तेल) की एक ढिबरी और माचिस रखी थी।

उस ताखे के चारों ओर भी गेरू से बाँस, कमल फूल आदि का चित्र बना था।

मैं बाहर आई, तब तक सब नाच-गाने में लीन थे। उसका बड़ा बेटा भी सौतेले पिता के साथ नृत्य में तल्लीन। पारंपरिक खद्दी या पड़िया कपड़े, गमछे अनेक लोग धारण किए हुए थे।

काशी बेलौंजन के पौधों से घिरा था करम गोसाईं और उनके अधरों से शहर के लोगों के द्वारा गाया जानेवाला गीत झर रहा था—

*घोड़वा चढ़ि आवै*
*भइया, सभे भइया*
*हे भइया*
*काशी बेलौंजन हे!*

मैं इस मंजर को बहुत दिनों तक भूल नहीं पाई थी। न ही कथा को। करम-धरम नामक दो भाइयों और बहन की लोककथा में गुँथा था करमा पर्व का रहस्य। बहन भाई की लंबी उम्र के लिए उपवास रख पूजा करती है और करम-धरम की कथा सुनती है।

एक बार मैंने मीनवा को ब्लाउज दिया था, उतारा हुआ। वह लेते हुए कहने लगी, "जानीस ला दीदी, हामर गाँव में सोउब वइसने रहेना। केउ नीं पींधत रहैं।"

"शर्म नहीं लगती है?"

"अब सोउब पींधो। आपन नजइर में तो नय, देखेकवाला केर नजइर में खोट आय गेलक।"

ठीक कह रही थी वह, देखनेवालों की नजर खराब थी।

इस बात के साथ सरकती हुई मैं उसके गाँव चली गई थी, जहाँ मेले-ठेले में लड़का-लड़की एक-दूसरे को पसंद करने के बाद ही ब्याह

की ओर कदम बढ़ाते थे। वे साथ घूमते-फिरते, परखते, तब अपनी पसंद की बात परिवारवालों को बता देते थे। परिवार को उनकी बातों को तरजीह देनी पड़ती।

वह अक्सर अपने गाँव की बात बताती रहती। तब भी गाँव उसके अंदर बसता था। वह गाँव से परे शायद कभी जाने की सोच भी नहीं पाती, लेकिन वही दो जून की रोटी का मसला।

मीनवा की यादों के सहारे प्रायः मैं उस घटना तक जा पहुँचती, जब मैं बस से गुमला से आ रही थी। रास्ते में कुछ आदिवासी औरतें भी बस पर चढ़ीं। हाथ में थैला, थैले में मुरगी या मुरगा। अन्य सामान के साथ तेल की शीशी थामे मीनवा मेरी सीट के बगल में खड़ी थी। भीड़ बढ़ती जा रही थी। ठेलमठेल! उनमें से किसी को सीट नहीं मिली थी।

वह थैले को दाहिने हाथ से बाएँ, कभी बाएँ से दाहिने हाथ में पलटती खड़ी थी, बिना कुछ बोले।

बस के हिचकोले मेरी आँखों को झपकाने में मददगार साबित हो रहे थे। मैंने झपकी ली थी कि एक तीखी आवाज ने चौंका दिया था, "दूर न रह सका है! माँ-बहिन नखै का। बेस लखे उढ़ाव, उबर जाइ के बैइठ।"

फिर तो गालियों की लंबी बौछार से पूरे सहयात्री भीग उठे थे। सब जान गए थे, उसके बगलवाले खड़े सहयात्री ने उसके साथ अभद्रता की है, शायद एक आदिवासी, गरीब, अकेली महिला जानकर।

और उसी महिला ने असाधारण दुःसाहस दिखाते हुए एक झन्नाटेदार थप्पड़ जड़ दिया था। वह पानी-पानी हो उठा था। उसकी उजली कमीज, उजली पैंट, रंगीन टाई, दमदमाते जूते एवं आधुनिक मन शर्म में डूब गया था। वह बिना कुछ बोले पीछे चला गया, ठेल-ढकेलकर। बदतमीजी के बदले में इस सामान्य महिला से ऐसे साहस की उम्मीद उसे नहीं थी···न मुझे, न ही और किसी को। मीनवा से मेरा यह पहला परिचय था। वही परिचय पल भर में उससे मुझे जोड़ गया था।

लगा था, हम असाधारण माने जानेवाले लोग मात्र प्रतिकार कर पाने की हिम्मत नहीं जुटाने के कारण हर गलीज हरकत को या तो टाल जाते हैं, सह

जाते हैं या माफ कर देते हैं। इसे देखो। यह भद्र पुरुष अब किसी के साथ पूरा जीवन अभद्रता नहीं कर सकेगा।

फिर तो मेरे शहर में दो साल से रह रही मीनवा बारंबार मेरे घर आई थी। मैं बेरोजगार पतिवाली मीनवा को अपने घर में रखने से मना नहीं कर सकी थी, जब उसने एक दिन खुद कहा था। बाद में उसने मेरा घर नहीं छोड़ने की कसम-सी खा ली थी। यूँ ही दिन-रात के चरखे चल रहे थे। मीनवा और मेरी बॉडिंग बढ़ती जा रही थी। अब भी वह उसी घर में रह रही थी, जिसे बसाने में मैंने मदद की थी। हाँ, शहर में बदलते चलन के अनुसार वह भी बदल रही थी।

तपन, मेरे पति का बिजनेस अच्छा चल रहा था। इतना कि दो-चार लोगों की सहायता खुशी से कर सकूँ। मुझे करने में खुशी मिलती थी और मीनवा तो मीनवा थी।

उधर एक लफंगे को लेकर उसकी शिकायत कुछ ज्यादा ही बढ़ गई थी। मैं समझा-बुझाकर उसे शांति से रहने को कहती रहती थी।

लेकिन वह काली, अँधेरी रात भी आई, जब तारे नभ में यूँ छिप गए थे, जैसे कभी निकलेंगे ही नहीं। चाँद तो पहले ही सहमकर मुँह छिपाए बैठा था। पता नहीं क्यों, मन बड़ा बेचैन था। दरवाजे पर पड़ी थाप से अनमनाती हुई उठी।

"अरे! मीनवा? इतनी रात को यहाँ?"

वह लगभग मुझे धक्का देती हुई अंदर घुसी थी, मेरे लॉन की धूल को अपने पाँवों के साथ लेकर।

"क्या बात है मीना? इतनी घबराई हुई क्यों हो? तुम्हारा हसबैंड तो ठीक है या बच्चे?"

प्रश्नों की बौछार झेलती मीनवा तन का भार न झेल सकी थी। जमीन पर धम से बैठ गई थी।

तब मैंने देखा कि…

तब तक वह कह चुकी थी, "दीदी, हम मार देलि। मार दिए उसको…।"

"…किसको?"

"ऊ हरामी को। आय रहे हमर मरद मन के मारे, आउर हमके बेइज्जत करे··· बस, सब झमेला खतमे कर देलि।"

उसकी खिचड़ी भाषा पर ध्यान नहीं था मेरा, जो वह अब प्राय: बोलने लगी थी। मैं उसके हाथ में लहू से लाल हँसुआ को देखती रह गई थी। किंकर्तव्यविमूढ़!

"ये तुमने क्या किया मीनवा? क्यों?"

"ऊ सार कहिया से हमर पीछे पड़ल रहे। काइट देलि आइज। अइब किसी का बेइज्जती करने के लायक नय रहा ऊ।"

वह झटके के साथ उठी थी, "अब हम जा रहे हैं।"

"कहाँ? पूछ सकूँ, उससे पहले ही वह हवा के झोंके की तरह लहूवाला हँसुआ लिये नौ दो ग्यारह!"

इस हवा के झोंके को मैं ताजी हवा का झोंका तो नहीं कह सकती थी।

मीनवा कहाँ गई, कहाँ रह रही है? पकड़ ली गई या मर गई, मैं कुछ नहीं जानती। कसम से मैं नहीं बता सकती, वह कहाँ है। पुलिस ने दबाव डालकर मुझसे बार-बार पूछा, "मीनवा कहाँ है? तुमने उसे कहाँ छिपाया है?"

मैंने दिल से पूछा था, 'मैंने उसे बच्चों का वास्ता देकर क्यों नहीं रोका? क्यों नहीं कसकर थाम लिया?'

'पर आँधी जैसी उस हवा को मैं रोक सकती थी क्या?'

इस बीच कितना कुछ बदल गया। गाँव शहर बन गए। ग्रामीण शहरी। साजो-शृंगार का प्राकृतिक रूप खो गया। अब नहीं सजते तिरछे जूड़े और न ही उन पर खिलते किस्म-किस्म के प्राकृतिक फूल-पत्ते। अब नकली फूल जूड़ों की शोभा हैं। हाथ-पैरों में फूल के गहने नहीं, गोदने का पुराना रचाव नहीं, आर्टिफिशियल गहने, टैटू का जमाना है।

भाषा, बोली, पहनावा सब परिवर्तित, और तो और सब गलीज हरकत सह कर भी मुँह नहीं खोलनेवाली स्त्रियाँ बोलने लगीं। मौन मुखर हो गया। मी टू ने कितनों को आत्मविश्वासी बना डाला। कुछेक दुरुपयोग भी हुए, लेकिन उस समय में अलख जगानेवाली मीनवा नहीं मिली, तो

नहीं मिली। उसके अंदर कुछ भी आर्टिफिशियल नहीं था। उसका विरोध भी नहीं।

उसका नेता पति अब बड़ा नेता बन गया है। बच्चे अब भी मुझसे आस लगाए बैठे हैं कि मैं उनकी माँ का पता बता दूँगी।

"सच कहूँ, मैंने उसे कहीं नहीं छिपाया है। मुझे तो नहीं पता, आपको पता है, वह कहाँ है?"

□

# 2

# आँखें

उसकी आँखें! एक जोड़ी आँखें! उसकी आँखों में बहुत ज्यादा कशिश, मुसकराती-खिलखिलाती आँखें हैं उसकी, सब कहते। कुछ सुनती-गुनती, कुछ बतियाती आँखें! बहुत-बहुत बोलते नयन!

सागर-सी गहराई, नमकीन और नदी-सी चपलता, मिठास, दोनों एक साथ उन आँखों में। स्नेह से लबालब भरी आँखों से जब वह किसी को देखती, कुछ लोग धोखा खा जाते।

सुमंत भी खाया था। उसे लगा, यह युवती, जो पार्क में मेडिटेशन और जॉगिंग करती है, जरूर मुझे बेहद चाहती है। उसके नेत्रों ने चुगली खाई है।

पार्क में वह सुबह ठीक साढ़े पाँच बजे पहुँच जाती। सुमंत भी पाँच पंद्रह या पाँच बीस पर वहाँ वॉकिंग कर रहा होता। जब भी पास से गुजरता, वह पतली-दुबली, आकर्षक नयन-नक्शवाली पायल एक नजर उठाकर अवश्य देखती। दो महीने, दस दिन से यह सिलसिला चल रहा था, लेकिन अभी तक एक बात नहीं हुई थी···हाय-हैलो तक नहीं।

बस, समंदर में नदी सा मिल, वह एक सपना पालने लगा था। पायल की स्वप्निल, प्यारी आँखों में उसे प्यार का छलकता सागर नजर आ गया था।

इन चक्षुओं का क्या करे पायल, कितने तो धोखा खा चुके हैं। सुमंत की एक्टिविटी से उसके मन की थाह पा चुकी थी। इंकार भी नहीं कर पा रही थी। जब इजहार ही नहीं, इंकार कैसा? वह आँखें चुराने लगी हमेशा की तरह।

जब-जब कंफ्यूजन महसूस किया, बस आँखें चुराने लगती। करीब पचास-साठ जोड़ी आँखों से उसने अब तक आँखें चुराई हैं।

अब मन उसके स्वप्निल चक्षुओं पर भारी पड़ रहा था। न चाहते हुए भी उधर खिंची चली जाती।

छह फुटे सुमंत का चौकोर चेहरा, घने काले बालों के बीच सफेद मोटी धार सी रँगाई, एक कान में छोटा सा टॉप, वृषभ कंधे और केशरी सी मर्दानी चाल, जगह-जगह से फटी टाइट जींस-टीशर्ट में कसा बदन अक्सर उसके सपनों में आता और सपनों से उसे जगा देता।

एक दिन पायल अनुलोम-विलोम कर रही थी कि पीछे एक आहट सी हुई। पायल पलटकर देखने लगी। सुमंत था।

उसने वहाँ बैठने की अनुमति माँगी। पायल का मुँह खुला-का-खुला रह गया। मुँह में दही जम गया। इतनी चुप रहनेवाली वह नहीं थी, बल्कि वाचाल की गिनती में ही आती थी, आज पता नहीं क्या हुआ!

सुमंत खुद ही बैठ गया, "कहाँ से हैं आप?"

उसने जवाब देना जरूरी नहीं समझा।

"मैं आपको मेन रोड के कमला पी.जी. से डेली कॉलेज आते-जाते देखता हूँ।"

पायल के कान की लवों और गालों के गेहुएँ रंग में रोली घुल गई। सिर झुक गया। फिर भी पूछा, "आप मेरा पीछा करते हैं?"

"हाँ भी कह सकती हो, न भी।" उसके कान ने सुना। इच्छा हुई, तीखा जवाब दे मारे। वह कह रहा था, "मैं भी वहीं पास के बॉयज हॉस्टल से आपके कॉलेज जाता हूँ।"

उसकी निगाहें सीधे सुमंत की निगाहों पर गिरीं। थोड़ा सा गुस्सा, थोड़ी चिढ़, थोड़ा आश्चर्य और बहुत सारा वही···उसकी आँखों का जादू।

वह अपलक देखता रहा, चित्रलिखित सा। थोड़ी देर में, "मैं भी वहीं पढ़ता हूँ। आपसे एक साल सीनियर।"

पढ़ाकू पायल जोर से चौंकी।

"अब तक कभी···।"

वह और कुछ कह नहीं सकी।

"आँख उठाकर चलतीं, हंडरेड परसेंट देख पातीं मिस···।"

कस्बे के संस्कार और स्नेहिल आँखों के ताब की मारी पायल कुछ कह नहीं सकी।

कैसे पूरी तरह उधर खिंच गई, उसे अहसास तक नहीं हुआ। आहिस्ते-आहिस्ते, बहुत हौले से वह मन के करीब आ चुका था, फिर तो दिन सुनहला, रातें रुपहली।

मन के बसंत के खिलने के बावजूद उसे पता था, वह उस सिटी में पढ़ने के लिए आई है। उसने अपने लक्ष्य को भूले बिना सुमंत से मिलना जारी रखा। 'प' से प्रारंभ होनेवाले दोनों शब्द परवान चढ़ते रहे···पढ़ाई और प्रेम।

कैंपस सलेक्शन होने पर सुमंत की खुशी से ज्यादा पायल को खुश देखा जा सकता था। साथ ही, वह एक वर्ष पहले कॉलेज से निकल जाएगा, यह गम भी खाए जाता था।

धीरे-धीरे पायल ने महसूसा शिद्दत से, उसकी दौड़ मियाँ की मसजिद तक वाली हो गई है। कदम कहीं और सायास उठाने की कोशिश करती··· व्यर्थ। जब उठे कदम, पहुँच जाए सुमंत के द्वार।

पायल को मो. रफी के गाने सुनाकर कोई भी बेमोल खरीद सकता था और सुमंत ने वही किया। धीरे-धीरे पहले जाँ, फिर जानेजाँ, फिर जानेजानाँ।

एम.बी.ए. की फाइनेंस, एच.आर. की स्टूडेंट कब बिजनेस, मार्केटिंग के स्टूडेंट की शरीके हयात बन गई, उस बहाव में उसे पता ही नहीं चला।

□

साल-पर-साल गुजर रहे थे। ईश्वर को भी शायद नदी का यह बहाव पसंद था, दोनों को एक ही शहर में नौकरी लग गई।

सब कहते हैं, वक्त के पंख होते हैं, लेकिन इन दोनों को लगता, मीठा समय अपनी पूरी मिठास के साथ हौले-हौले बीत रहा है। मिसरी की तरह धीरे-धीरे घुल रहा है, कपूर की तरह नहीं।

घर में ब्याह के लिए दबाव बनने लगा था। माँ-पापा का मानसिक दुराव पायल ने देखा था। कभी पटरी नहीं बैठी। माँ की हर कोशिश व्यर्थ हो जाती।

पापा कभी माँ के मित्र नहीं बन पाए, हमेशा पति ही रहे। उठो, तो उठो। बैठो तो बैठोवाला रिश्ता। माँ ने बहुत दिन मन से निभाया। घुट्टी में पीकर जो आई थी सीख नानी की, कैसे जगहँसाई कराती।

लेकिन इधर उसकी खीज साफ झलकते हुए देखी थी पायल ने। हरसंभव प्रयास करती माँ को हारते देख ही चुकी थी···पापा उनसे किसी भी स्थिति में खुश नहीं दिखलाई पड़ते। सबसे मीठी बोली पर माँ से खार खाए रहते। पैर की जूती समझते हों जैसे। बस, देर रात के अँधेरे में सामान्य मुसकान होती चेहरे पर। माँ इससे भी चिढ़ी नजर आने लगी थी।

फिर वह दिन भी आया, जब माँ ने अपना हारमोनियम पोंछकर बरामदे में रख दिया था। दूसरे दिन खाली शाम में जैसे ही उसने आलाप लिया था, अद्‌भुत गुणी माँ के इस हुनर पर कस्बाई मानसिकता ने जोरदार वार किया था। हारमोनियम टूटकर आँगन में बिखरा पड़ा था, पापा माँ के सामने खड़े गुस्से से काँप रहे थे। माँ टूटकर रोई थी, बिखरकर भी। साथ में पायल भी।

पचपन की माँ अब भी अपने मन का करने के लिए स्वतंत्र नहीं थी। पापा बाहर चले गए थे। कहाँ, किसी को नहीं पता। चार दिन बाद वापसी हुई थी उनकी।

उसी दिन लिया पायल ने एक निर्णय, जिसकी भूमिका किशोरावस्था से ही उसके अंदर आकार ले रही थी। उसी निर्णय का फल था, वह शादी के लिए हाँ नहीं कर रही थी।

□

"फिर तो···।"

बुआ आई थी उससे मिलने। उसका फ्लैट, सजावट, गाड़ी देख कितनी खुश हुई थी।

"तेरा तो कायाकल्प हो गया रे! अच्छा हुआ तू इस महानगर में पढ़ने आई। अपना फ्लैट, अपनी गाड़ी, वाह पायल!"

उन्होंने अपने पटियाला सूट, प्लाजो और गॉगल को ध्यान में रखते हुए आगे कहा, "बेटा, तू तो एकदम मॉडर्न हो गई। मैं भी शादी के बाद ही मॉडर्न

हो पाई। नहीं तो, वहाँ वही बहनजी जैसी। तुम भी तो वहाँ ढीली-ढाली कुरती, सलवार में··· और आज देखो, लो वेस्ट जींस, बैकलेस टॉप में हीरोइन को मात दे रही हो।"

बुआ के भी धनाढ्य कस्बाई मन में कसमसाहट सी भरी कि वे भी जगह-जगह से फटी जींस और कपड़ों को बचाते हुए कसा हुआ टॉप पहन लें, जिससे पेट का बड़ा सा गोरा हिस्सा बाहर दिखता रहे। थुलथुल है, तो क्या हुआ···फैशनेबल तो कहलाएँगी।

वह खूब शौक से बुआ को कभी यहाँ, कभी वहाँ घुमाती रही।

मुश्किल हुई तब, जब एक शाम वह बुआ के साथ घूमकर लौटी और उसे पता नहीं था कि सुमंत टूर से कल की बजाय आज ही लौट आया है··· कुछ ख्वाहिशें, कुछ ख्वाबों के साथ। वह बेडरूम में गई, सुमंत बेड से उतर उससे लिपट गया। तब तक फ्लोरल परदे को हटा बुआ अंदर आ चुकी थीं। बुआ की सारी आधुनिकता रखी रह गई। कस्बा उन पर हावी हो गया। वे हड़बड़ाकर बाहर निकलीं, तत्काल अपने भाई को रिंग कर दिया।

उधर से कुछ देर तनिक आवाज न आई, पर उसे पता है, जोर से कुछ टूटा··· छनाक! उसने आवाज साफ सुनी।

थोड़ी देर बाद पापा के गरजने का शोर मोबाइल के बाहर भी शोर मचाने लगा। उन्होंने बुआ के माध्यम से ही अल्टीमेटम दिया, "उसे लेकर अभी-के-अभी लौटो।"

घर में यहाँ से वहाँ तक सनाका खिंचा रहा। उसने लौटने से साफ मना कर दिया। पापा के फोन पर भी पायल ने साफ कह दिया। वह जानती थी, आज···बस, आज ही वह कह पाएगी।

"आपके···हाँ! आपके कारण ही मैंने यह डिसीजन लिया था। चाहती थी, कुछ दिनों बाद जाकर खुद बताऊँगी। पर टाइम से पहले···।"

पापा समझदार थे, तुरंत समझ गए। गालियों से स्वागत किया, " उ मरदूद है कौन? साले की माँ-बहन हैं कि नहीं···मिलूँगा तो शैतान की अँतड़ी निकाल···"

"···आप मिल चुके हैं पापा! हमलोग एक बार साथ वहाँ आए थे।"

उधर थोड़ी देर की खामोशी फिर, "वो···वो लड़का? लफंगा!"

पापा की कस्बाई गालियों और मानसिकता से वह पहले से परिचित थी।

"अब लौटने की कोई गुंजाइश नहीं है पापा! साढ़े चार साल बीत गए हमें साथ रहते हुए।"

उधर की बरसात, "मैं···मैं कहता था तुम्हें, मत भेजो महानगर में पढ़ने। पर नहीं..।"

पापा ने साफ कहा था, "मत भेजो। देखती नहीं, महानगर की छोरियाँ कैसे-कैसे देह उघाड़ू कपड़े पहनती हैं। कैसे अजीबोगरीब ढंग से बोलती रहती हैं। इसके भी 'पर' निकल आएँगे।"

बाद में माँ के बारंबार के अनुनय को टाल नहीं सके थे।

"हमारी पायल ऐसी नहीं है।"

चुपचाप वह उनका गर्जन-तर्जन सुनती रही।

माँ का फोन आया थोड़ी देर बाद।

"नहीं माँ, मैं नहीं लौटनेवाली। वैसे बता दूँ, मेरे इस डिसीजन के पीछे तू भी है। कभी तो मुँह खोलती। तुम दोनों ने मुझे डरा दिया था।"

पाँचवें दिन दो बातें एक साथ हुईं, सुमंत कैलिफोर्निया के लिए निकल गया, रात बारह तक माँ-पापा पहुँच गए।

माँ ने उसका हाथ थाम रोना शुरू कर दिया।

"कुछ तो सोच, क्या कहेंगे लोग?"

"क्या हम तेरा ब्याह नहीं करते?"

उसने माँ को रोने दिया। जानती है, उसके बाद ही माँ की अव्यवस्थित भावनाएँ काबू में आएँगी। पापा अप्रत्याशित रूप से शांत! अर्थात् तूफान आनेवाला है। पहले हवा मंद-मंद चल ले।

"कब की रे तूने शादी? बताना भी सही नहीं लगा तुझे!"

वह उसकी टेढ़ी माँग में सिंदूर ढूँढ़ने लगी। लाली की एक रेखा नहीं। झटपट बीचवाली माँग की जगह को उलट दिया, वहाँ भी नहीं। फटाफट केशों को उलटती-पलटती पागल हो गई।

"तू सिंदूर भी नहीं लगाती?"

"माँ!" पायल ने माँ के दोनों कंधे थाम लिये।

"हमने मैरिज नहीं किया है माँ!"

माँ गिरते-गिरते बची।

"मैरिज में हम दोनों विलीव नहीं करते।"

फिर तो तूफान ने सारी कायनात ध्वस्त करने की कसम उठा ली। सारे कीमती ग्लास, काँच का टेबल टॉप, नाजुक चेयर, पेपरमैसी की खूबसूरत कलाकृतियाँ जमींदोज।

पायल चुपचाप देखती रही। माँ तो बेहोश सी थी।

"आज से सारा रिश्ता···" उन्होंने एक और बाउल को जमीन पर दे मारा··· छनाक!

"तुम्हारी जितनी हानि हुई है, सबकी भरपाई कर दूँगा···जल्द!"

वे रुके नहीं। पायल कहती रही, "अभी कहाँ जाएँगे ?···ट्रेन तो दोपहर को मिलेगी।···टिकट भी नहीं हो पाएगा।"

उनकी कर्कश आवाज गूँज़ी, "बस!!!"

और नक्काशीदार मेज पर रखे सितार की मिठास फर्श पर···बिखर गया सितार। कितने शौक से सुमंत ने खरीदकर गिफ्ट किया था।

सबकुछ ने सबकुछ को सन्नाटे में डुबो दिया। पायल बेसब्री से सुमंत के लौटने का इंतजार करने लगी।

उसे याद आ रही थी वह शाम, जब दोनों ने इस फ्लैट में प्रवेश किया था। रात ढल रही थी और घबराई, शरमाई, अपने में सिमटी बैठी थी वह। उसे माँ-पापा दिखलाई पड़ रहे थे।

उसकी घबराहट देख, उसकी स्थिति समझ सुमंत चुटकुला सुनाने लगा था··· बहुश्रुत चुटकुला कि एक वाइफ को जब हसबैंड ने प्रथम रात्रि में गाना सुनाने के लिए कहा, वह गाने लगी—

*भैया मेरे राखी के बंधन को निभाना।···*

पायल के होंठों पर फीकी मुसकराहट आई थी।

आगे सुमंत कह रहा था, "अब हसबैंड की बारी थी।"

हसबैंड गाने लगा—

*माँ मुझे आँचल में छिपा ले/गले से लगा ले/कि और मेरा कोई नहीं।*

खिलखिलाकर हँस पड़ी थी पायल और देखते-ही-देखते एक घंटे बाद सारी वर्जनाएँ, सारे संस्कार धराशायी। देहराग जग पड़ा था। मन-तन में सितार की झनकार! माँ-पापा तट पर एक किनारे पड़े, तपती रेत पर। उसे तो बाद में ऐसा ही लगा था।

फिर उसने सोचा था, हम एडल्ट हैं, हमें अपनी मर्जी से लाइफ स्पेंड करने का पूरा राइट है।

□

पुराने दिनों की जुगाली करता सुमंत अजीब से ऊहापोह में गुजर रहा है, इन दिनों। वे कब करीब आए, कब एक साथ रहने का निर्णय लिया, कब निर्णय में विवाह की वेदी को शामिल नहीं करने का फैसला घरवालों की जिद पर भारी पड़ा, उसे अच्छी तरह याद है। जिंदगी अच्छी-भली गुजर रही थी।

इधर एक नया रोग सा लग गया है उसे। जब देखो पायल के बारे में ही सोचता रहता है। उसके पापा-माँ के यूँ लौट जाने की बात सुन वह पायल का ज्यादा ही खयाल रखने लगा था।

नया सितार कैलिफोर्निया से लौटने के एक हफ्ते के अंदर ही खरीद लाया था। पर बहुत दिनों तक पायल ने उसे हाथ ही नहीं लगाया था। बाद में डेली रात को बजाने लगी थी। वह खुश हो गया था, अब पायल फिर राह पर आ गई है।

अब इधर हुआ क्या? वह समझ नहीं पाता।

पायल एक बात गौर करती है कि सुमंत उसे किसी से बात करते देख असहज हो उठता है। कहता कुछ नहीं, लेकिन पहलेवाली खुली हँसी खो जा रही है। कभी-कभी शून्य में कुछ तलाशा भी करता। पहले तो जुल्फों में ही तलाशी चलती रहती। उसके लंबे बालों को सुमंत ने कटवाने नहीं दिया था। उसके घने लंबे केशों में उँगलियाँ फँसा, खेलते रहना उसका शगल था। घंटों चाँदनी रात में बालकनी में आती रुपहली

चमक में डूबा वह उसके केशों से अठखेलियाँ करता रहता। जमीन पर ही बैठ वे घंटों एक-दूजे में डूबे रहते। ऑफिस से देर रात लौटने की थकावट दूर हो जाती।

झट सज-धजकर वे घूमने निकल पड़ते। लॉन्ग ड्राइव पर जाने से पहले किसी रेस्तराँ या ढाबे में डिनर। रात को लौटते, कभी दो, कभी तीन बजे।

सुबह होती ग्यारह बजे। मुँह धोए बिना ब्रेकफास्ट। फिर एक साथ ब्रश करना, बाथ लेना, पूरी तरह से तैयार होकर साढ़े ग्यारह तक ऑफिस। डेली लंच ऑफिस में, डिनर बाहर। ब्रेकफास्ट में टोस्ट कुतरना या नूडल्स, मैगी-फैगी। वीकेंड में पार्टी, पब या मूवी। बस, आनंद···एंजॉयमेंट! आनंद-ही-आनंद!

दोनों ने पूछने, टोकने, रोकने की मनाही कर रखी थी पहले ही। शर्त में एक-दूसरे के मामले में दखल नहीं देने की बात सर्वोपरि थी।···स्पेस देने की भी। कोई किसी की स्वतंत्रता में बाधक नहीं बनेगा, एक अघोषित समझौता यह भी था।

वह चाहकर भी सुमंत से पूछ नहीं पा रही थी, उसके चुप पड़ते जाने की वजह। खूब-खूब बतियाने, अनर्गल प्रलाप करने, हर बात···बेबात पर भी खिलखिला उठनेवाले वे दोनों एक आम गृहस्थ की तरह व्यवहार करने लगेंगे, ऐसा उन लोगों ने कहाँ सोचा था।

माँ ने पायल से कहा था, "इस रिश्ते का कोई वजूद है? क्या नाम देगी? कभी किसी ने पूछा, तो खुलकर बता पाएगी? और कभी अलग होना पड़े, उसकी किसी चीज पर हक रहेगा, दावा कर पाएगी? बच्चे को बाप का नाम दे··· ?"

बिफरकर बीच में ही माँ की बात काटी थी, "···इतने ढेर सारे प्रश्न से मत डराओ, उलझाओ मुझे। बस, एक फ्री लाइफ की चाहत है मेरी···हमेशा से रही है। लव बड़ी बात है मेरी नजर में। हम उसी के सहारे होल लाइफ बिता लेंगे और हम अभी दस साल तक बच्चा प्लान नहीं कर रहे हैं, समझी! तुम्हारी तरह मैं एकदम जी नहीं सकती। नेवर!"

इतना कड़ा बोल नहीं पाई थी, मन तो था, "दिल्लगी दीवार से वाला

जमाना गया। अब देख-भालकर, सोच-समझकर, प्रॉफिट-लॉस के गणित को परखकर लव किया जाता है माँ!"

"और कुछ हुआ तो तुम्हारी तरह खूँटे से बँधी गाय नहीं बननेवाली मैं। देखती नहीं, कितनी आसानी से कपल्स अलग हो जा रहे हैं।...यहाँ यह सब मैटर नहीं करता।"

आत्माभिमान से यह भी कहना चाहा था, "इतनी ज्यादा इनकम है मेरी, सुमंत के मनी और ऐसेट की जरूरत नहीं मुझे।"

"पछताएगी पायल, बहुत पछताएगी।"

उसे इन दिनों ये बातें खूब याद आतीं। वह कभी खिलखिलाकर हँसती, अजीब नजरों से देखता सुमंत। एकाएक ब्रेक लग जाता उसकी हँसी पर। सबके बीच खिलखिलाती, वह सहज खिलखिलाहट होती, लेकिन सुमंत असहज हो उठता। सितार की तारीफ कोई करता, वह उठकर चल देता। किसी की ओर गौर से देखती, सुमंत की आँखों के डोरे लाल हो जाते। प्रायः झुकी रहनेवाली उसकी आँखें एकाएक अचकचाकर झुक जातीं।

बस, सुमंत कहता कुछ नहीं था अपनी जुबान से। चेहरा और आँखें बोल देतीं। पायल की बोलती आँखें चुप रहने लगी थीं।

उसने सुमंत को शांत करने, सहज करने का पुराना तरीका निकाला।

उसकी आँखों में डूबकर देखने की कोशिश करती। उसे अच्छी तरह पता है, उसकी आँखें अब भी...हाँ, अब भी वैसी ही हैं...स्वप्निल! प्यार में डूबीं, मदभरी!

थोड़ी देर देखता, निगाहें झुका लेता वह। सोचती थी, बिना बंधन के रिश्ते में पुष्प ही बिखरे होंगे। गुलाब की कलियाँ, बस! काँटों का खयाल तक नहीं आया था।

रिश्ते को कैसे सँभाले, समझ ही नहीं पा रही थी। बेड पर एक साथ होते हुए भी साथ न होते वे। मधुमास की अवधि इतनी जल्दी खत्म हो जाएगी, कहाँ सोचा था उसने।

चाहती रही, सोचती रही, वह अवधि कभी खत्म न हो।

उस दिन मयंक वाइफ और बेबी के साथ आया था। सितार सुनाने की

फरमाइश की थी। वह ना-नुकुर करती रही, वे नहीं माने। पायल ने एक निगाह सुमंत पर डाली। सितार उठा लिया। संगीत प्रेम माँ से विरासत में मिला था। माँ में तो दम तोड़ चुका था, उसमें जन्म लेकर बड़ा होता चला गया था।

फिजा में नशा घुल रहा था। चाँदनी ढल रही थी···दोनों की जुगलबंदी से पहले अजब समां बँध गया था। सारी कायनात संगीत तथा चाँदनी की जुगलबंदी देख रही थी। मंद-मंद हवा बह रही थी। मीठी धुन बालकनी को गुलजार कर रही थी। मद्धिम रोशनी में नहाया हुआ था सबकुछ। एक जादुई समाँ!

मयंक सुमंत का फास्ट फ्रेंड! सुमंत हट न सका। सुन भी नहीं सका।

उन तीनों के जाते ही सोफा-कम-बेड पर पलटकर लेट गया। पायल ने आवाज-पर-आवाज दी, नहीं उठा।

पायल को रोना आ गया। सुमंत को कभी गिफ्ट की थी बहुत कीमती टाइटन की घड़ी। पहले खूब शौक से पहनता था। अब कबर्ड में धूल खा रही है।

आज बहुत दिनों बाद बाहर निकली। राउंड ग्लास टॉप पर रंगीन, बेहद खूबसूरत पत्थरों से भरे बाउल के साथ वह भी बिसूर रही है।

उसने महसूसा, वह माँ हो गई है। सुमंत पापा में तब्दील। हाँ, चीखता नहीं, चिल्लाता नहीं, मारता नहीं, लेकिन है पूरी तरह से पापा।

एक बार, बस एक बार उसने पायल से पूछा था, "तुम इतने प्रेम से प्रमोद को क्यों देख रही थी?"

"प्रेम से? मैंने तो बहुत देर तक किसी की ओर देखना बहुत पहले ही छोड़ दिया है। कॉलेज लाइफ से ही।"

पायल को याद था, कह न पाई थी, 'मुझे अपनी आँखों की इस ताकत का पता बहुत पहले चल गया था। तभी से मैंने किसी की आँखों-में-आँखें डालकर देखना छोड़ दिया है। पर कभी नीड होने पर तो···।'

सुमंत कुछ और कहने के लिए उत्सुक हुआ, फिर शायद उसे वादा याद आ गया था, "नो कमेंट्स! नो आरग्युमेंट्स!! नो सफाई-वफाई!!!"

वह चुप लगा गया।

पायल की इच्छा हुई, सुमंत चीखे-चिल्लाए। तोड़-फोड़ मचा दे। घर में भूचाल मचा दे। ऐसा भूचाल, जिससे मकान की चुप्पी टूटे। मकान घर बन जाए। ऐसा कुछ भी नहीं हुआ।

वह पलटकर सोए सुमंत को खड़ी होकर देर तक देखती रही। उसके मन ने यह भी चाहा, वह खिलखिलाकर हँसे। खूब···खूब! पहले की तरह या फिर चिल्लाकर रोए, माँ की तरह। हँसी या रुलाई जो भी हो, देर तक घूमती रहे फैन के साथ गोल-गोल···!

एक बात अजीब! जिस दिन सितार बज उठे थे डनलप पर, देह में, उस दिन 'वेलेंटाइन डे' था। आज सितार उपेक्षित पड़ गया है, तब भी 'वेलेंटाइन डे'। वह इस को-इंसिडेंट को समझ नहीं पा रही है, परंतु समझने की कोशिश करती रही देर तक। वहीं दूसरे सोफे पर बैठ सुमंत की पीठ को देखते हुए।

उसे किसी भी कीमत पर रिश्ते को बचाने की जरूरत महसूस हुई। आज टूटते-फूटते रिश्तों की भरमार। ऐसे में रिलेशन को सँभालने के लिए कम-से-कम एक पक्ष को समझदारी दिखानी ही होगी। रिश्तों की तोड़-फोड़ एकाकीपन, अवसाद, तकलीफें बोती हैं और फिर फसलें जहरीली होती जाती रही हैं। पता नहीं कैसे उसके नन्हे से दिमाग में यह खयाल करवट लेने लगा।

वह खुद से मन-ही-मन बात कर रही थी, 'नानी, दादी, चाची, माँ टेढ़े-मेढ़े अनगिनत रिश्तों को अपने मजबूत कंधों पर सँभालकर सबका जीवन सँवार देती थी। यूँ ही नहीं था वह सब। घर, घर तो था।'

पायल के होंठों पर बंकिम स्मित।

माँ अक्सर बताती रहती थी यह सब। अभी वही अचेतन उसके सामने खुल रहा था।

सुमंत उसके प्रति पजेसिव है और इंसिक्योर भी। यह समझते उसे देर नहीं लगी। यह एक्स्ट्रीम लव की निशानी···।

'यूँ प्यार भरे रिलेशन को खोया नहीं जा सकता। एक कदम मैं बढ़ाऊँ, एक कदम तुम···। रिश्ते यूँ ही नहीं टूटते।'

रात मचल रही थी। करवट बदलती हुई पायल प्लान कर रही थी, 'अब और लेट नहीं। कल दो काम हैं। एक, काउंसलर से हम दोनों की मीटिंग फिक्स करनी है। दूसरा, मैरिज के लिए कोर्ट में आवेदन देना है।'

'लाल गुलाब की एक मध्यम कली को थाम, नी पर बैठ, आँखों में आँखें डाल मैं खुद प्रपोज करूँगी—विल यू मैरी मी सुमंत?'

'हाँ, एक और जरूरी काम—माँ-पापा को फोन लगाकर खुशखबरी देनी है, बुलाना है।'

□

3

# कोलतार की तपती सड़क पर

जिरगी ने अपने गले में ताँबे के सिक्के से गुँथे हार को डाला और ताखे पर रखे टूटे शीशे के टुकड़े में अपना गला निहारने लगी। दो दिन पहले ही कजरा के छेड़छाड़ के चलते शीशा गिरकर टूट गया था।

काले धागे में गुँथे सिक्कों के ताँबई लालपन को गौर से देखते हुए अपनी काली गरदन को वह भूल ही बैठी। नौलखा हार पहनने की खुशी उसकी आँखों से छलक पड़ी।

माथे की ओर शीशे को ले गई, तो टूटे शीशे में आधा ललाट, एक आँख, थोड़ी सी नाक खिलखिला उठी।

कान की ओर घुमाया, कान में खुँसी जौ की नई बालियों के हरापन लिये हुए पीलेपन ने सुप्रभात कहा। तिरछे जूड़े में लाल उड़हुल, चंद पत्ते भी बड़ी उदारता से मुसकरा दिए। शीशे को ललाट के बीच में ला वह चमकीली बिंदी देखने लगी। इस बीच उसके होंठों पर एक प्यारी सी मुसकान फँसी पड़ी थी। उस मुसकान के साथ नाक की चाँदी की लौंग भी हँसी।

कल ही सूरज बाबा और धरती मइया के विवाह के पर्व सरहुल के तीसरे दिन पाहन ने फूलखोंसी की थी। पाहन काली ने घर-घर जाकर सरई फूल खोंसकर आशीर्वाद की वर्षा की थी। युवकों के कानों में भी सरई (साल) पुष्प!··· सरहुल पर्व में सफेद सखुआ फूल, गाछ सबका मान बढ़ जाता है।

पहले दिन चैत महीने के उजेरिया के तीसरे दिन से शुरू पर्व में साल गाछ के नीचे सरना में दो घड़े में पाहन ने पानी भरकर ढँक दिया था। दूसरे दिन ढक्कन हटाया था। पानी एकदम कम नहीं हुआ, तो घोषणा कर दी, "इस बेर चिंता करने का बाइत नय है। इस बेर जमकर बरसा होगा।"

सब आगत की खुशी से मदमस्त। ऐसे भी धरती की बेटी बिंदी के पाताल लोक से आने की प्रसन्नता और नए फल, फूल, फसल के तैयार हो जाने के उपलक्ष्य में मनाया जानेवाला सरहुल सब प्रकृति पूजकों में उन्माद भरता है। रबी फसल के बाद धरती की संतान गाछ-बिरिछ, फूइर पात, फल से ढँकने पर मनाया जानेवाला अद्भुत वसंतोत्सव।

बिंदी साल में एक ही बार पृथ्वी पर आती है…चैत में। लोककथा में छिपी है धरती मइया और सूरज बाबा की बहुत सुंदर बेटी बिंदी की कहानी। सात नदी के किनारे कमल फूल तोड़ने गई बिंदी डूब गई थी।

उदास धरती माई के कारण बरसात बंद। नदी-नाला सूख गया। गाछ, बिरिछ, घास सब मुरझा गया। यमराज से मिन्नतों के बाद वे राजी कि साल में एक बार आधे साल के लिए बिंदी को लौटाएँगे। उसके आने से धरती पर बहार आती है। बस, मनने लगा परब…सरहुल परब कुडुख समुदाय में।

कजरा के साथ तो उसकी जिरगी थी। वह अपने कजरा के साथ खूब नाची-गाई थी। अब तक मांदर की थाप पर कजरा के साथ थिरकते पैरों की याद बाकी है। गीत के बोल भी—

*फूल गेला वन में*
*चरका दिसयं।*

चरका-चरका (श्वेत) सरई फूल से भर जाता है वन…और सरना स्थल!

सरहुल की पूजा खत्म होने के बाद नई सब्जियाँ बनी थीं, सबने पहली बार इकट्ठे सरना स्थल पर ही चखा था नई फसल का उपहार। पूजा से पहले खाना वर्जित। सब कड़ाई से पालन भी करते। सरना झंडे अपनी उजर-लाल पट्टियों की आभा के साथ पूरे परिसर को घेरे हुए थे और जिरगी को घेरे हुए था कजरा का समर्पित प्यार।

पिछले चार-पाँच दिनों से उसके हाथ-पैरों, कमर में लोच भर गई थी। कल उसने हँड़िया जी भरकर पी थी, अब तक खुमार बाकी। हँड़िया को दोने के कोर से पीते हुए गुपचुप कजरा को देखे जा रही थी, खूब-खूब बतिया भी रही थी।

अचानक जिरगी की हँसी खनकती चूड़ियों में बदल गई। कजरा ने पूछा था, "हमारे साथ बिहा करोगी?"

कुहनी से टहोका दे शरमाकर पूछा था जिरगी ने, "हमारे संग बिहा? काहे?"

"तोंय हमको बड़ी बेस लगती है।"

चूड़ियों सी उन्मुक्त हँसी उस समय भी गूँजी थी··· हर द्वंद्व, लिहाज से परे खिलखिलाती हँसी। धरती और सूरज बाबा के ब्याह के परब के बखत कजरा का यह पूछना कि हमारे साथ बिहा करोगी, जिरगी को उत्साह से नहला गया था।

"अरे जिरगी, कहाँ मर गई? जल्दी आव।"

"का है? काहे बुलाई?"

"आइज काम पर नय जाएगी का?"

"आज सरहुल बीतले एके दिन हुआ न, फूलखोंसी हो गया कल। अब कल से जाएँगे।"

माई को आश्वस्त कर वह घर के कामों में उलझ गई।

शाम को फिर अखरा में मांदर की थाप गूँजी। नसों में थिरकन बन उतरा नृत्य सबको अखरा की ओर खींच ले गया। वह भी कजरा की पाँचों उँगलियाँ में अपनी उँगलियाँ फँसा झूमर में व्यस्त। रात ढले तक सब रास-रंग में सराबोर!

फिर थक-हारकर सब इधर-उधर लुढ़क गए।

कुत्ते एक लय में भौंककर पूरे गाँव को कँपकँपा गए। रात भर कुत्तों का गीत चलता रहा। कहीं से चिरई फड़फड़ाई, तो कहीं तोते उड़कर एक डाल से दूसरी पर जा बैठे। सियार की हुआँ-हुआँ से भी कोई नहीं जगा।

भिनसरे किरण फूटते ही अलसाए लोग कसमसाए। जिरगी धीरे से उठी, कजरा के गालों को हौले से छुआ।

"उइठ। आइज तो जाय पड़ेगा।"

वह कुनमुनाकर करवट बदलने लगा।

"उइठ कजरा। एते मइत अलसा रे!"

अहरा के पास पाकड़ गाछ के पीछे फारिग हो, सामने ही उद्दंड से खड़े अमरूद गाछ से डंठल तोड़ दातुन करने लगी। अधिकांश लोग जाग चुके थे।

"आइज का बात? तुम एकदम रानी लखे दिख रही है।"

"और तुम राजा लखे।"

ठेकेदार की आज्ञा, "सब नौ बजे से पहले हाजिर रहा करो।"

सब तैयारी में व्यस्त। कोलतार की आधी बनी तपती सड़क उनका इंतजार कर रही थी।

पहले आधा गाँव खेतिहर मजदूर था। आधे गाँव के पास अपने खेत। तीन साल के अकाल ने उनसे उनके खेत झपट लिये। उन लोगों की जमीन खरीदने-बेचने पर रोक लगने के बाद भी खेत औने-पौने में बिके। कुछ लोगों के बुजुर्ग तो पहले ही दारू की चंद बोतलों के बदले जमीन बेच चुके थे। मालिक मजदूर बन अपने ही खेत में खटने लगे।

कितने मजदूर पलायन कर गए। पंजाब, गुजरात, मुंबई, दिल्ली ने कइयों को पनाह दी।

अधिकांश शहर में ही विभिन्न प्रतिष्ठान··होटल, कपड़े की दुकान, राशन, चाय-पानी की दुकान तथा अन्य जगहों की शोभा बन गए।

विभिन्न कठोर कामों ने पूरी उदारता से उन्हें अपना लिया।

पत्थर तोड़ने से लेकर भवन बनाने, बालू ढोने, छड़ ढोने तक में उनका 'सार्थक उपयोग' होने लगा।

ये और इन जैसे लोग हैं, तो हम हैं, बड़ी शिद्दत से महसूस किया गया। पहले से भी जियादा।

बहुत सारे 'फालतू' लोग सड़क निर्माण में जुट गए। कजरा और जिरगी भी। कोलतार की सड़क पर जीवन तपते कोलतार सा बह रहा था।

□

साढ़े आठ बजते ही पगडंडी पार कर सब मजदूर शहर की छाती रौंदने

चल पड़े। भर रास्ते सरई, पलाश, सेमल, कुसुम की बहार! गुलमोहर नहीं खिला था अब तक, लेकिन बस, अब खिलखिलाने को बेचैन!

महुआ पेड़ के नीचे महुआ की मदमाती, नशीली गंध फैली थी। सब बीछने में लगे थे।

एकाएक कजरा ने पूछा, "खैनी है? दे ना।"

ब्लाउज में खोंसे डब्बे से खैनी निकाली जिरगी ने और कजरा की ओर बढ़ाई। वे एक ही साइकिल पर शहर की तरफ बढ़ रहे थे। साथ में डोरिया थैली में भात, दाल जैसा पानी या पानी जैसी दाल, बारी में उगाया बथुए का साग, रामतोरई की सब्जी, प्याज का आधा टुकड़ा और दो हरी मिर्च टिफिन कॅरियर में कैद थी।

साइकिल से उतरकर कजरा साइकिल को एक महुआ गाछ के तने से टिकाकर खैनी बनाने लगा। ढाढ़ के नीचे दोनों ने खैनी दबाई और अपनी सवारी पर सवार।

साइकिल हवा से बातें करने लगी। हवा की गुदगुदी से फिर चूड़ियों की खनक हवा में घुलने लगी। जिरगी ने कजरा की कमर को घेरकर पकड़ लिया। अब फिजाओं में दोनों की हँसी थी"हम थे, तुम थे और शमां रंगीन, समझ गए ना।

घाम था कि बढ़ता ही जा रहा था।

वे वहाँ पहुँचे, उससे पहले ही पत्थरों के चूल्हे पर कोलतार गरम करने की तैयारी हो चुकी थी। नीम, पीपल, बरगद, गुलमोहर के नीचे साइकिलों, रंग-बिरंगे, लाल-पियर कपड़ों के मेले लगने लगे थे।

अब जिरगी, कमलिया, बसंती, सोनवा तसले में भर-भरकर गिट्टी लाने लगी। कजरा आग के ललहुन पीले रंग में गिट्टी का काला रंग घोल रहा था। उसके साथ मथुरा भी था। उनके खुले बदन से गले में बँधे ताबीज को भिगोती पसीने की धार खुशबू की तरह बिखर रही थी। गिट्टी उड़ेलने के बाद जिरगी, सोनवा बतियाए जा रही थी।

"आइज बेटा को नय लाई सोनवा?"

"कैसे लानते छउआ को, उसको बुखार है। अफीम चटाकर सुता रखे। बूढ़ी देखेगी।"

उसकी बूढ़ी सास अस्सी बरस खटती रही थी। अब नहीं खट सकती थी। घर पर थी वह, तो सोनवा निश्चिंत हो मजदूरी करने आ पहुँची।

गुना अपने छउआ को बड़ गाछ के नीचे चादर बिछाकर सुला आई थी। अचानक वह चीखकर रोया। रोते देख गुना दौड़ी। दुधमुँहा चींटियों के काटने से चीख पड़ा था। कभी चींटी काट लेती, तो कभी कीड़ा, जब ऐसे ही सब अपने बच्चों को पेड़ के नीचे सुलाकर काम में भिड़ जातीं। जगे रहने पर पीठ पर शॉल से बेतरा में बाँध काम करती रहतीं सब।

थोड़ी सी देर में गुना अपने बच्चे की भूख, तकलीफ और स्नेह की प्यास शांत कर वापस लौट आई। सब जुटी थीं, सब लौटीं।

गुना और सोनवा भी जिरगी के गाँव की ही थी। सोनवा को चार, गुना को पाँच बच्चे थे। सब भगवान की कृपा से। गुना अपनी तीन बेटियों और एक बेटे को सरकारी स्कूल में पढ़ा रही थी। सोनवा के भी तीनों छउआ वहीं पढ़ रहे थे। मिड डे मील भी बड़ा लालच।

वैसे पढ़ा-लिखाकर अपने छउआ-पुता को आदमी जइसन बनाने की लालसा भी पूरे गाँव में पसर चुकी थी। सब इसके लिए और भी खटने को तत्पर। किसी भी तरह वे सब अपने बच्चों को आदमी जइसन बनाकर ही मानते।

पाँच महीने के छोटका छउआ को सोनवा अपने बेतरा में बाँध यहाँ ले आती। पीठ के बेतरा में वह हुलसता रहता, वह काम में व्यस्त रहती। सो जाने पर वहीं किसी गाछ के नीचे चादर बिछाकर सुला देती। गुना भी अपने बच्चे को वहीं बगल में सुला गिट्टी, बालू में उलझी रहती।

बच्चे को सुलाने के बाद अब फिर तसला था, गिट्टी थी, आग थी, गरम होता कोलतार था, लहकते सूरज बाबा थे। पसीने की सौंधी गंध भी थी। जिरगी के साथ कइयों की हँसी थी। और थी बनी-अधबनी सर्पिल सड़क। दूसरी तरफ फर्राटा भरते, नई बनी सड़क के कोलतार से अपनापा जोड़ते वाहन।

अचानक सामने से एक स्विफ्ट को आते देख जिरगी की चूड़ी खनकी, "देइख ना, देइख, दारु पीकर झूमते हुए गाड़ी चला रहा है।"

स्विफ्ट रुकी। एक परेशान पुरुष चेहरा झाँका—"यहाँ कहीं गाड़ी बनानेवाला मिलेगा?"

"हिंया तो नय, आगे एक ठो दुकान है।" सुकरा आगे बढ़ा; और सब भी देख रहे थे।

"कोई एक साथ चलो न। किसी मैकेनिक को लाना होगा।"

"अभी? साब, अभी तो काम है।"

पसीना पोंछते हुए कजरा बोला, "सुकरा, जा!"

जिरगी ने झाँका। तीन लोग। एक महिला आगे की सीट पर रूमाल से हवा करती हुई। पीछे की सीट पर दो बच्चे।

"तुम तीनों यहीं रुको, मैं आता हूँ।"

"ठीक है। जल्दी आना। इतनी गर्मी में हम कोलतार के बीच तो भुन जाएँगे।"

"गाड़ी में घूमे से एतना गर्मी छटक रहा है, सड़क पर चलतय तो···।" बसंती बोलते ही चुप भी हो गई।

बेलचा से कोलतार-गिट्टी को एकसार करने, एक ड्रम में कोलतार उबालने का काम जारी था। जिरगी से नहीं रहा गया।

"मेमसाब, बाहर आइए, एकदम ठंडी हवा लगेगी। उस चट्टान पर बैठिए ना।"

उन्हें बात जँची। थोड़ी सी देर में तीनों शॉल गाछ की छाँव तले चट्टान पर। पुटुश की घनी झाड़ी गुलाबी फूलों से लदी। बीच में झाँकते, काले, पके फलों के गुच्छे···मोती के काले दानों जैसे। वे तीनों गौर से देखने लगे।

"ई फर बड़ी बेस है। हमीन सब खाते हैं। खाइएगा?"

वह दो-चार गुच्छों को छुड़ा, मोती से काले, छोटे फलों को हथेली में भरकर लेती आई।

"नहीं-नहीं! फेंक दो। जहर-वहर···।"

मेमसाब की लगभग झिड़की से वह खिलखिला उठी।

"खूब अच्छा लगता है। खाने के बाद न जानिएगा।"

फलों को मुँह में चुभलाती वह फिर चैत्र की तपती दुपहरी का हिस्सा बन गई।

थोड़ी देर बैठने के बाद मेमसाब उठ खड़ी हुईं। साथ ही दोनों बच्चों को भी इशारा किया। एसी कमरों में रहने, एसी गाड़ियों में घूमने, एसी मॉल में खरीदारी करने, एसी हॉल में मूवी देखने की आदी मेमसाब तथा बच्चों को यानी पूरी फैमिली को वहाँ की धूप-हवा रास नहीं आ रही थी।

"बहुत गर्मी है, बहुत गर्मी है। और नहीं झेल सकती मैं।" कहती हुई वे आगे बढ़ गईं। बच्चे भी गाड़ी की ओर बढ़े। एकाएक उनकी निगाहें जिरगी पर पड़ीं।

आग के पास खड़ी वह माथे पर भारी तसला थामे हँसे जा रही थी। आग की पीली-लाल लपलपाहट से बेपरवाह। उसको इस तरह इत्मीनान से हँसते देख मेमसाब पहले तो एकटक देखती रह गईं। फिर चूड़ियों सी खनकती हँसी ने उनके तन-बदन में आग लगा दी।

सामने सवेरे से महुआ बीछती हुई कुछ लड़कियाँ, बच्चे, औरतें अपनी मौनी, दौरी में महुआ के ढेर से महुआ उठाकर रख रही थीं। मेमसाब ने उधर मुँह फेर लिया।

थोड़ी देर में मैकेनिक को लेकर साहब हाजिर! देखा, अभी भी मजदूर अपने काम में व्यस्त हैं। आग की लपलपाती जीभों पर कोलतार का ड्रम चढ़ा है। पिघला कोलतार सड़क पर उड़ेला जा रहा है। जिधर रोड तैयार था और भी तपन थी। खूब चमक रहा था नया-नया कोलतार…नया रोड…तीखी धूप से धुला हुआ।

एकदम सहज-सरल मजदूरों में से मीठे गलेवाले बंदी की आवाज फिजा में लहराई—

*महुआ रे महुआ पत्तई*
*महुआ पत्तई सोये झाईर गेल रे*
*डारी में खोंस लगे*
*खोंचा में फूल रे*
*फूल कीरे धरती सोभय रे।*

महुआ की टोकरी सिर पर थामे एक पंक्ति में लौटती लड़कियाँ हँस पड़ीं।

कुछ देर की मशक्कत के बाद गाड़ी ठीक हो गई। चारों पसीना पोंछते हुए गाड़ी पर सवार हो गए। इतनी देर में ही उनके हैंकी भीग गए थे। गाड़ी आगे बढ़ी। फिर तेज गति से छू-मंतर।

"हुँह !···बहुत गर्मी हय···बहुत गर्मी हय।"

गाड़ी के अंदर की ठंडी हवा को चिढ़ाता हुआ हँसमुख मथुरा का स्वर था यह। जिरगी और कजरा के होंठों पर फिर से हँसी खिल उठी।

□

# 4

# शहनाई

मणिकर्णिका घाट! सामने जलती हुई एक ताजी चिता। सीढ़ियों पर बैठे चंद लोग। उनमें वह भी···निशांत!···निराश! हताश! उसके हाथ में एक शहनाई है। वह शहनाई को सीने से लगाए अजब असमंजस में घिरा है। घर से शहनाई उठाकर ले आया था। मात्र इसलिए कि जब बजानेवाला ही नहीं रहा, तो उसकी सबसे प्रिय चीज उसके साथ ही भेज दी जाए।

शहनाई उठाकर निशांत ने जैसे चिता की तरफ हाथ बढ़ाया, किसी ने हाथ थाम लिया।

"नहीं! इसे न जलाओ। यह उसकी निशानी है।"

एक मन कहे, 'मासूम की प्यारी वस्तु उसके साथ ही जानी चाहिए।'

दूसरा कहे, 'मासूम की प्रिय वस्तु को अपने पास सहेजकर रख लो। आखिर इसमें उसकी आत्मा बसती है।···इसमें उसका स्पर्श, उसकी गंध छिपी है।'

इतना सोच अपने मन को सांत्वना-सी देते हुए निशांत ने शहनाई को गले से लगा लिया।

निशांत पिछले तीस वर्षों से शहनाई का जाना-पहचाना नाम है। उसके प्रेरणास्त्रोत सुप्रसिद्ध शहनाईवादक बिस्मिल्ला खाँ रहे हैं। निशांत भी विश्वनाथ मंदिर को जाती तंग गलियों से गुजरते हुए जैसे शहनाई की मिठास में ऊब-चुभ करने लगता है।

उसे लगता, जैसे आज भी गंगा-जमुनी संस्कृति के महत्त्वपूर्ण सुरीले वाहक बिस्मिल्ला खाँ की शहनाई की मधुर ध्वनि मंदिर के अंदर गूँज रही है। वह भाव-विभोर हो उन्हें सुन रहा है। निशांत की आँखें मुँद जातीं और वह देवालय की सीढ़ियों पर बैठा सुरों के बादशाह को अपने अंदर उतरते हुए महसूस करता रहता। बहुत देर बैठकर वहीं उनकी धुन में मगन रहता। सजदे में उसका सिर झुका रहता।'' विश्वनाथ भगवान और बिस्मिल्ला खाँ दोनों के।

कितनी-कितनी देर मंदिर में बैठे रहने के पश्चात् निशांत गंगा तट की ओर चल देता। वहाँ लहरों के पास बैठ घंटों शहनाई बजाता रहता। देवालय में बजाने की हिम्मत नहीं, लेकिन काशी के पावन गंगा के तट पर उसकी शहनाई की धुन गूँजती रहती।

वह पद्मश्री खाँ साहब की ऊँचाई तक तो नहीं पहुँच पाया, परंतु खाँ साहब को जिंदा रखने के लिए संगीत कला केंद्र खोल प्रशिक्षार्थियों के अंदर इस कला को जीवित रखने की कोशिश करता।

एक दिन निशांत ने पत्नी से कहा था—"सोचता हूँ, नौकरी छोड़ दूँ। तुम सब सँभाल लोगी?"

"हूँ! आप जैसा चाहें।"

उसकी सहमति से उत्साहित हो, उसने अपना पूरा वक्त शहनाई को समर्पित कर दिया था।

संगीत कला केंद्र में चार बैच का प्रशिक्षण शुरू। उसकी ख्याति दूर-दूर तक फैली। निशांत ने काफी होनहार शहनाईवादक तैयार किए। उसके अनगिन शिष्य देश-विदेश में नाम कमा रहे हैं।

निशांत का पुत्र अंकुल जब बहुत छोटा था, उसकी शहनाई को हाथों से बड़े प्यार से छूता रहता। निशांत जब रियाज करता, वह मुसकराते हुए झूमता रहता। कभी उसकी तरह ही अंकुल होंठों से शहनाई को लगा लेता''पूत के पाँव पालने में नजर आ रहे थे, लेकिन बड़ा होते हुए उससे दूर भागने लगा था। पता नहीं क्यों, शहनाई जब घर में मधुरता घोलती, अंकुल वहाँ से लॉन की ओर भाग जाता।

दस वर्ष का था, जब निशांत ने शुभ्रा से कहा था, "आज से इसकी तालीम शुरू। यह मेरे साथ डेली सुबह-शाम की प्रैक्टिस के लिए तैयार रहे।"

उसने शहनाई को अंकुल को पकड़ाया था। अंकुल ने पहले तो उसे उलट-पलटकर गौर से देखा था, जैसे पहचानता ही नहीं। फिर हँसकर फेंक दी थी जमीन पर।

"यह सीख पाएगा?"

शुभ्रा की आशंका निर्मूल नहीं थी।

"अभी साथ बैठना शुरू करे पहले। रस्सी से जब पत्थर घिस सकता है, तो कुछ भी हो सकता है शुभ्रा!"

दूसरे दिन से ही अंकुल को सिखाने की कोशिश करने लगा निशांत। वह निशांत के पास बैठ फूँक मारने का प्रयास करता रहता था। कभी-कभार पींऽऽईं!⋯ पींऽऽऽई!!

दसेक साल बाद अंकुल के अभ्यास, निशांत की अथक मेहनत का फल मिलना शुरू हो गया था। बारह वर्ष बाद दोनों साथ प्रोग्राम में जाने लगे थे। सुरों की जुगलबंदी में श्रोता मस्त। अलग-अलग समय में राग भैरवी, कल्याण, ललित तो मुलतानी रागों की धार बहती रहती। भीमपलासी भी तो। दक्ष हो चला था अंकुल भी। घंटों संगीत साधना चलती रहती। रात को रात, दिन को दिन नहीं समझा इन सच्चे सुर साधकों ने।

जब दोनों साथ में शहनाई को होंठों से लगाते, रागों की गंगा बहा देते। सच्चे सुर सुन प्रेमियों की आँखों से आँसू बहने लगते। सुर धार में महफिलें आनंदातिरेक में गोते लगातीं।

निशांत ने अपनी इस उपलब्धि पर इतराना प्रारंभ ही किया था कि अंकुल गंभीर बीमारी की चपेट में। दो वर्षों तक बिस्तर पर पड़ा रहा⋯दर्द-कराह से तड़पता।

सुबह-शाम निशांत प्रशिक्षार्थियों को पूरे मनोयोग से सिखाता, लेकिन शहर के बाहर जाने का क्रम छूटता गया। उधर अंकुल के हाथ से जीवन की डोर छूटती जा रही थी, तमाम इलाज, एहतियात के बावजूद।

अंकुल की बीमारी बढ़ती जा रही। ठीक होने के आसार नहीं।

"कहाँ-कहाँ लेकर नहीं गया। अपोलो, वैल्लोर, एम्स, जसलोक सब अस्पतालों में। पर···।" दोस्तों से बताते हुए आगे के वाक्य गुपचुप-सी सिसकियों में ढल जाते। उसमें घुली कराह ऊपरी सतह पर नजर नहीं आती, शुभ्रा के आँसू भरे नयन ताड़ लेते।

'भारत रत्न' बिस्मिल्ला खाँ ने कहा था एक बारी, जब शिष्या ने उनकी फटी लुंगी की ओर ध्यान दिलाया था कि मालिक फटा सुर न बख्शे। लुंगी फटी है, सिल जाएगी। सुर नहीं फटने चाहिए।"

सच्चे सुर साधक के सुर कभी नहीं बिखरे, लेकिन इधर निशांत पाता, उसकी शहनाई के सुर बिखर रहे हैं।

"पापा! मेरी शहनाई वहाँ से ला दें।"

"क्या करोगे?"

"बजाऊँगा।"

"तुम बजा सकोगे? नहीं···!"

"मैं बजाऊँगा। ला दें प्लीज!"

निशांत की हिम्मत नहीं हुई, क्षीण पड़ते उसके कमजोर अंदरूनी अंगों को तकलीफ दे। अशक्त बेटे का मन रखने के लिए शुभ्रा ने शहनाई ला उसके हाथ में पकड़ा दी। मुसकराया था अंकुल। एक क्षीण, दर्दभरी, मरती मुसकान। उसने शहनाई को होंठों से लगा फूँक मारी। पूरा जोर लगाने पर भी जरा आवाज नहीं। वह बार-बार फूँक मारने की कोशिश करने लगा। निशांत ने सिर पर हाथ रख दिया, "छोड़ दो अंकुल!"

बालों के अंदर तक पसीने में भीग गए थे। माथे पर चुहचुहा रहे थे। कनपटियों से बहकर नीचे आ रहे थे। टी-शर्ट बोथ।

"तुम जल्द ठीक हो जाओ। फिर हम इकट्ठे पहले की तरह स्टेज पर परफॉर्म करेंगे।"

निशांत के अंदर दो सालों से जमे आँसुओं का ग्लेशियर पिघलने को बेताब। कठिनाई से रोके रखा। शुभ्रा दूसरी ओर ताके जा रही थी। उसकी आँखों की कोर ने बगावत कर दी थी। अंकुल ने आँखें बंद कर लीं और शहनाई को होंठों से लगाए हुए उसकी बंद आँखें सदा के लिए मुँदी रह गईं।

मणिकर्णिका घाट पर चिता की ओर एकटक ताकता निशांत शहनाई थामे-थामे बेहोश हो गया था।

सबकी जुगत से जल्द ही होश में आ गया। तुरंत उसने निर्णय ले लिया। "नहीं! मैं इसे···उसकी अंतिम निशानी को चिता के हवाले नहीं कर सकता।"

□

अब नहीं गूँजता शहनाई का स्वर···न ही घर में···न संगीत कला केंद्र में···न ही देश-विदेश के मंचों पर। आजकल संगीत कला केंद्र पर एक बोर्ड लटकता रहता है, यहाँ के सुर खो गए।

हाँ, वह घाट पर नित्य देखा जा सकता है। हाथ में एक शहनाई थामे इधर से उधर भटकता हुआ। उसका जीवन रीड बिना शहनाई सी हो गई है। नरकट (रीड) के बिना शहनाई कैसे बज सकती है?···अंकुल बिना···?

वह घाट पर शून्य में कुछ खोजता हुआ बैठा रह जाता। जिंदगी के सुर सम पर आते ही नहीं। बिखर गए थे।

"देखो वही हैं उस्ताद निशांत!" लोग इशारा कर एक-दूसरे को बताते।

"कौन?"

"वही, जिनके हाथ में एक शहनाई है। पर अब वे नहीं बजाते।"

"उन्हें सुर सम्राट् जगजीत सिंह को सामने रखना चाहिए। बेटे की एक्सीडेंट से मौत के बाद भी जगजीत सिंह ने गाना नहीं छोड़ा।"

"जब वे गाते 'चिट्ठी ना कोई संदेश जाने वो कौन सा देश जहाँ तुम चले गए'···दिल निकालकर रख देते हैं। बेटे की मौत के दर्द को संगीत में डुबो दिया। और भी गहरी हो गई उनकी आवाज; और भी हृदयस्पर्शी!"

"हाँ जी! जीवन ऐसे ही खत्म नहीं होता। करना भी नहीं चाहिए। निशांत जी को भी···।"

जाननेवाले कह ही देते। धीरे-धीरे निशांत अन्य बातों से भी बेजार होता जा रहा था।

"अंकुल की साँसों की डोर मेरी जिद के कारण ही टूट गई।"

"क्या बोलते हैं! यह अनहोनी थी···होनी थी।" शुभ्रा ज्यादा मजबूत।

"अंकुल लंग्स की बीमारी से मरा। कहीं-न-कहीं मैं ही दोषी···। जबरन ले जाता रहा उसे। इधर वह बजाना नहीं चाहता था, तो बहाना समझता रहा···!"

आगे बोल नहीं पाता। गला अवरुद्ध हो जाता उसका। शुभ्रा तमाम कठोरता के बाद भी अपने को रोक नहीं पाती। दोनों शहनाई को सहलाने लगते।

"इसमें उसकी जान बसती थी, लेकिन लास्ट में··हम पहले क्यों नहीं समझ सके?"

अंकुल का रूम पूजागृह। एक-एक चीज को सजाकर रख दिया गया। देश-विदेश से मिले पुरस्कार, सर्टिफिकेट, मोमेंटो को काँच के कैबिनेट में सजा दिया गया। वहाँ एक ओर दीवान पर मसनद के पास उसकी बड़ी सी तस्वीर! सामने एक स्टूल। स्टूल पर बड़ा सा पीतल का दीया। दोनों नित्य तस्वीर के सामने दीपदान करना नहीं भूलते।

देखते-देखते पक्षियों के परवाजवाले समय ने छह वर्ष निकाल दिए। उस्ताद निशांत की शहनाई कहाँ पड़ी है, खुद उसे याद तक नहीं, परंतु घाट पर आना एक दिन भी नहीं भूला वह। न ही अंकुल की शहनाई लाना।

आज भी वहाँ वैसे ही घूम रहा है··हताश-निराश। थोड़ी देर में बैठ गया एक सीढ़ी पर। उसकी आँखों में एक चिता आज भी जल रही है। सामने कई।

"आज के दिन··हाँ ! आज के दिन ही अंकुल छोड़ गया था।" जिद कर साथ आई शुभ्रा भी सोपान के एक किनारे खड़ी है।

गंगा के जल पर शाम के रक्ताभ सूर्य का बिंब उतर आया। क्षितिज रंगीन है। उन दोनों का ध्यान उधर नहीं। उनके नेत्रों में आग की लपटों की ललाई छाई है। शाम ढल रही है। उनके अंदर भी शाम गहरा रही है। अब वे लौटने को उद्यत।

दोनों चुपचाप घर के सन्नाटे की ओर बढ़े।

अचानक निशांत चौंक उठा।

"पीं ऽऽईं !···पीं ऽऽऽईं !!"

"यह आवाज···यह आवाज? शुभ्रा, तुमने सुनी?"

"हाँ! सुनी। पर कितनी बेसुरी है।"

"कौन बजा रहा है? चलो, देखें।"

वे आवाज की दिशा में बढ़े, हालाँकि सुर दिशाहीन था। आगे एक दुकान के बाहरी पटरे पर बैठा लगभग 10-11 साल का किशोर शहनाई में उलझा था और बेतरह उलझे हैं उसके सुर। निशांत ने तेजी से आगे बढ़ उसकी शहनाई छीन ली।

"इस कदर बेसुरा!...कहाँ, किससे सीखा?"

"हूँ!...आँ...।"

किशोर भयभीत! किशोर भौंचक!

वह डाँटने को हुआ, पर पिघल गया। किशोर में उसे अंकुल दिखा। हू-ब-हू अंकुल। बस इसके वस्त्र मैले, फटे! हाथ-पाँव गंदगी से काले। पैरों में चप्पल नहीं। किशोर के सिर पर दाहिनी हथेली रख निशांत कह उठा, "इसे सँवारने की जरूरत है शुभ्रा!"

शुभ्रा एकटक किशोर को देखे जा रही थी।

"खाँ साहब पूरी जिंदगी सच्चा सुर माँगते रहे। उस उम्र में उतना नाम कमाने के बाद भी सच्चे सुर के लिए अल्लाह के सजदे में झुकते रहे...वयोवृद्ध होने के बावजूद सुर के बचे रहने की कामना करते रहे। उनका अनुयायी होकर मैं...। मैं कच्चे सुर को नहीं झेल सकता। मैं इसे सिखाऊँगा।"

शुभ्रा अपलक निशांत की बात सुनती रही। सालों बाद हूँ!...हाँ!!! नहीं! से बाहर आया था निशांत। सम पर।

निशांत ने किशोर का हाथ पकड़कर खड़ा कर दिया। थोड़ी देर तक निहारता रहा, "तुम सीखते हो?"

"नहीं सीखता।"

"सीखोगे? मैं सिखाऊँगा।"

"हाँ! सीखूँगा।"

किशोर के अंदर गहरी उत्सुकता और प्रसन्नता की लहर उठी।

"नाम क्या है बेटे?"

"जी, परकास।"

"ओऽऽ!··· प्रकाश।"

"कहाँ हैं तुम्हारे माता-पिता? मैं मिलना चाहता···।"

"वहाँ···उधर। अभी आ जाएँगे।"

उसने उँगली से एक ओर इशारा किया। उसके स्वर से खुशी छलकी पड़ रही थी। आज निशांत के होंठों पर भी हलकी से थोड़ी सी ज्यादा मुसकराहट आ गई।

दूसरे दिन से ही प्रकाश का प्रशिक्षण घर पर शुरू। निशांत का जीवन फिर से लय-ताल में डूबने लगा। जहीन दिमाग प्रकाश तेजी से सीखने लगा। निशांत अक्सर अपने भीतर उतरता। वहाँ उसे अंकुल का सान्निध्य मिलता। देर तक अंकुल उसके साथ रहता···अपनी तमाम खूबियों के साथ। शहनाई की मिठास में डूबा हुआ। इतनी ही तेजी से सीखता था वह। शहनाई की रीड से सरगम बहने लगी फिर। सातों सुर फिर निकल पड़े। हर राग सधने लगे। निशांत की दुनिया सुरीली होने लगी फिर। प्रकाश भी शहनाई की मीठी आवाज के जादू में ऊब-डूब करने लगा। बेटे के शहनाई वादन एवं प्रकाश के शहनाई की धुन के बीच का फासला घटने लगा। सच्ची लगन, कड़ी मेहनत और रियाज रंग दिखलाने लगा। पूत के पाँव पालनेवाली बात सच हो रही थी।

अब आहिस्ता-आहिस्ता निशांत शांत होने लगा था। उसकी नस-नाड़ियों में घुले दर्द की चीखें धीमी पड़ने लगी थीं। दिल-दिमाग पर पड़ी धूल छँटने लगी थी।

रात की नीरव शांति में भी घुलने लगा था शहनाई का सुर! विश्वनाथ मंदिर या पंचगंगा घाट स्थित बालाजी मंदिर के बरामदे पर अक्सरहाँ चार पैर बढ़ते नजर आते। कोने-कतरे तक से बिस्मिल्ला खाँ साहब की शहनाई की मीठी तान पुन: निशांत के दिल में उतरने लगी थी। रागों की जुगलबंदी जगाने की पुरजोर कोशिश जारी थी। जिंदगी सम पर आ रही थी। निशांत जीने लगा था अब।

□

# 5

# एक नौनिहाल का जन्म

अ…एक छोटा सा गाँव। दस–बारह झोपड़ियाँ, मालिक के बड़े से भंडार एवं प्रकृति की उन्मुक्तता के कारण सौंदर्यशाली गाँव।

बारिश की पहली फुहार पाते ही भादों में भी गर्मी की तपती दुपहरी में मुरझाते पौधों को गाँव ने लजाते, हँसते, हँसकर उठ जाते देखा। दूबों पर थिरकनेवाला पानी पगला, ननकी, मुगली, सोमरी, मंगरी, शनीचरी एवं उनके साथ साँस लेनेवाले तमाम लोगों की नसों में थिरकन बन उतरा। मगन हो, सब झोपड़ियों से बाहर खेतों में, मेड़ों पर, वनों में नाच उठे। पेड़–पौधों के साथ इनका मन भी हरा हो गया।

"हे भगवान, अबके सूखा नय पड़े। रच्छा करो।"

सब एक साथ प्रार्थना में लीन।

बारिश तेज होती गई। बारिश की तरुणाई में सब भीग उठे।

बच्चे बारिशी पानी में उछलने–कूदने, कीचड़ एक–दूसरे पर उछालने, कीचड़ में लोटने में व्यस्त हो गए। नीम, पीपल, सखुआ, पलाश, सेमल, पपीते के पेड़ झूम–झूमकर प्रकृति का नया राग अलापने लगे।

"बुधनी, आज लकड़ी लाने नहीं जाएगी क्या?"

"पानी बरिस गया। अब रोपा के मजूरी से ही खरचा निकल जाएगा। कौन जंगल जाकर लकड़ी बिछे, काटे। फिर तीन कोस जाकर सहर में बेचे। बाद में फिर जैबे करेंगे।"

मालिक बुधनी से बतिया आगे बढ़े।

लाल डिब्बा लेकर अहरा की तरफ बढ़ता हुआ मंगलवा मिल गया। अन्य लोगों को भी चोरी-छिपे दिशा-मैदान के लिए जंगल की तरफ जाते देखा। शौचालय बनने के बाद भी वे उसमें जाना नहीं चाहते।

"मंगलवा, मछली मारने जा रहा है रे?"

"हाँ, मालिक।"

"एक किलो पोठिया मेरे लिए भी लाना रे।"

"हाँ मालिक, लेते लानेंगे।"

इधर सब एक साथ बैठ पाखाना फिरने के बाद अहरा में मैला साफ करते बखत मछली भी मारा करते। इसी तरह सब अपने-अपने घर मछली की बिसाइंध सुगंध भी सँजोया करते।

मालिक आगे बढ़ते हुए पाकड़ गाछ के नीचे ठिठक गए। हवा के थपेड़े डालियों से सहे नहीं जा रहे थे। इमली गाछ के पीछे से आता बुधरिया रुका।

"मालिक, कल से खेत जोताएगा न?"

"हाँ रे! अगर ऐसे ही पानी बरसेगा तो जरूर जोताएगा। लगता है, इंदर भगवान आज जमकर बरसेंगे।"

वह झुककर प्रणाम करते हुए आगे बढ़ गया। मालिक अपने खेतों में काम करनेवाले हर मजदूर से मिले। उनकी बदौलत ही तो उनके खेतों को हरियाली और अन्न मिलता था।

सब खुशी के मारे किलक रहे थे। आँखें तक मुसकरा रही थीं। पूरे गाँव में मुसकराहट फैल गई थी।

लाल किनारी की इकलौती साड़ी में लिपटी सोमरिया का गला बहुत अच्छा है।

वह गा रही थी—

*सावन का महीना पवन करे सोर*...

मालिक सुनते हुए वहीं ठहर गए थे। बूँदाबाँदी तेज। फिर जमकर मूसलाधार बारिश।

वे सबकी मस्ती का कारण समझ रहे थे। कई सालों का सूखा उन

सबकी कमर तोड़ चुका था। धरती की तरह दरके मन पर मूसलाधार वर्षा की ये चोटें मरहम लगा रही थीं।

बीहन कब का तैयार। बस खेत जोता जाए तो रोपा शुरू कर दें, प्रसादजी ने सोचा। पानी धीमा होने तक वहीं रुके रहे, फिर आगे बढ़ गए।

"इस बार शनिचरी पेट से है। वह रोपा कर पाएगी?"

"परसों से हाथ लगा देंगे।" साथ चल रहे तीन-चार लोगों से उन्होंने पूछा। कोई टोकरी, कोई बोरा, कोई छाता ओढ़े साथ-साथ चल रहा था। वे भी छाता लिये हुए थे।

"का मालिक, हिंया बच्चा जनने के दिन तक भी सब काम करते हैं न। बच्चा होने के बाद भी तुरंत दो-चारे दिन में काम सुरू, आप तो जानते ही हैं। शनिचरी जरूर करेगी।"

उसका मर्द भोला सामने आकर बोला।

□

मुँह अँधेरे सब भंडार पर जुट गए। शनिचरी भी अपने बड़े पेट के साथ हँसती खड़ी थी। कल रात तक धरती कीचड़ के चंदन में लिपट चुकी थी। हाथों में हरे, मुलायम, ताजे बीहन के गट्ठर थामे लोग खेतों में उतर गए। शनिचरी की काली भुजंग चारों बेटियाँ भी साथ थीं। चंदन लिपटीं। अन्य बच्चे उछल-उछलकर चंदन में लिपट रहे थे।

अजब समाँ। सब मदमस्त कि अचानक शनिचरी जोर से चिल्लाई। उसका दर्द पहचान सब हतप्रभ रह गईं। अब आज के रोपा की कमाई गई। मन के उल्लास पर घड़ों पानी।

पगला बहू बोल पड़ी, "एकरा यही दिन मिला था।...चल, डाकडर मैडम के पास हस्पताल।"

"नय! हम नय जाएँगे। हमको नय फरता हय।"

तब तक बँधना भी पास आ गया।

"मालिक पूछे हैं, बैलगाड़ी भेज दें? शनिचरी हस्पताल जाएगी?"

दर्द से कराहते हुए भी उसने कहा, "नय!"

गाँवों को जगाने की ईमानदार कोशिशें जारी थीं। हर तरह से प्रयास और

प्रयोग किया जा रहा था। बहुत जगे। कुछ योजनाओं, मेहनत को धत्ता बताते हुए नहीं भी जगे। कुछ जगकर भी नहीं जगे।

शनिचरी और उसका परिवार जगकर भी नहीं जागनेवालों में से था। खासकर अस्पताल में दो बच्चों के खोने के बाद। पैसे का लालच भी नहीं डिगा पाया था शनिचरी को। वह अक्सर अस्पताल जाने से बचती। आखिर बँधना लौट गया।

झोंपड़े में काले-कजरारे बादलों ने अँधेरा उतार दिया। अप्रशिक्षित चमैन आ नहीं पाई थी। वह पहले ही किसी और गाँव की किसी नासमझ के घर जा चुकी थी।

अब ? एक प्रश्न उठा। सोमरी चमैन का थोड़ा काम जानती थी। भिड़ गई।

गंदा झोंपड़ा, गंदे नाखूनोंवाले हाथ, गंदी जमीन। चूता पानी। पगला बहू और मीरवा उसे एक सूखे कोने में ले गई।

"जा, कहीं से सूखल घास ले आ।" सोमरी की आवाज पर मीरवा बाहर की ओर दौड़ी।

पगला बहू बोल पड़ी, "ई भिनसरे का जे सूझा सनीचरी को ? और दिन होता, इत्ता ठंडा नय खाती।"

कड़वा तेल शीशी से ले वह उसके हाथ-पैरों में घिसने लगी। घास में भीगी तीली को रगड़ किसी तरह आग लगा दी। सबका विश्वास डोल रहा था। गाँव में अभी कोई डॉक्टर थी भी नहीं। दूर अगले गाँव में हस्पताल था। वहाँ डॉक्टर जो भी आते, जल्द भाग जाने की जुगत में लग जाते। नर्स को ही वे सब डाकडर कहती थीं। चमैन भी गायब।

लेकिन ईश्वर की इन लोगों पर स्वाभाविक अनुकंपा, वरदहस्त ने शनिचरी को चिरनिद्रा सा सुकून दे दिया।

थोड़ी देर में गूँज रहा था, 'केहूँ !···केहूँ !···केहूँ !!!'

वह निढाल। सद्यःजात बच्चा घास की गर्मी पा सुकून से सो गया। उसके हाथ-पैर, छाती को सेंक गर्मी पहुँचाने की कोशिश जारी थी। शनिचरी को गरमागरम माँड़ पिलाकर कँपकँपी दूर की गई।

वह स्वस्थ महसूस करने लगी थोड़ा, तब पगला बहू बाहर निकली। मारे उत्सुकता से रोपा करती औरतें भी खेतों की मेड़ों पर आ गईं।

चारों ओर गूँज उठा, "बेटा है। बेटा है।"

मालिक भी रंग में आ गए, "जा रे मुनवा, भंडार से गुड़ की भेली ले आ। मालकिन भंडारे पर होगी अभी।"

मालिक ने गुड़ की भेली से सबका मुँह मीठा कराया।

फिर पूछा, "भोला, बेटा को क्या बनाएगा रे?"

वह शरमाया, "क्या बनाएँगे मालिक! यहीं रख लेना। एक आपका ही आसरा है।"

वह मालिक से चिरौरी करता रहा देर तक। खजूर के गाछ के पीछे से भोला की दो छोटी बेटियाँ झाँक रही थीं, दो बड़ी कीचड़ के चंदन से। सबकी हँसी से सारी कायनात हँस पड़ी, हऽऽह! हऽऽह!!

"क्या नाम रखेगा रे? वृहस्पति को जन्मा, वृहस्पतिया रख।"

"हाँ मालिक। जैसे मंगर को जन्मा मंगरा, सोम को जन्मा सोमरा, वैसे?"

"हाँ ऽऽऽ! और क्या।"

"पर तुम ही उसको अपने पास रख लेना न मालिक।"

भोला कीचड़ में लिपटा था। केवल लँगोट में। शरमाते-लजाते हुए धरती माँ की ओर देख मुसकराता भी रहा, भंडार पर रखने के लिए बारंबार कहता भी रहा।

उधर फटी सूती धोती में लिपटा नौनिहाल रुलाई के पश्चात् फूस की छत के नीचे पुआल पर बिछी साड़ी के ऊपर सो रहा था···निर्द्वंद्व! भोला, मालिक और साथियों की हँसी से पूरा गाँव पुलकित हो उठा।

□

समय बदल रहा था। गाँव भी। शहर भी। शहरी भी। ग्रामीण भी। खेती प्रधान देश के किसान आत्महत्या करने लगे थे। चारों ओर परिवर्तन का जोर और शोर। पुश्तैनी धंधों से नफरत बढ़ रही थी। बच्चे आधुनिक और आधुनिक, अत्याधुनिक हो रहे थे। आकाशचुंबी इच्छाओं से गाँव, शहर, विदेश अछूते न थे। इधर किसान कर्जमुक्त होने के लिए किडनी डोनेट कर रहे थे, उधर किडनी चोरी कर धनाढ्य बना जा रहा था।

ऐसे में शनिचरी के बेटे के मन में भी इच्छाएँ जोर मारने लगीं। शनिचरी अगले बच्चे की जचगी के समय गुजर गई थी। कारण वही···हस्पताल का दूर होना, डाकडर का गाँव में नहीं टिकना, शनीचरी की हस्पताल न जाने की जिद···हस्पताल का नहीं फलना, चमैन का अप्रशिक्षित होना।

झोंपड़ा दो रूम के कच्चे घर में बदल गया था।

उदार हृदय मालिक ने मरने से पूर्व भोला के बच्चे के नाम दो कट्‌ठा जमीन लिख दी थी।

कहा था—

'अब क्या मोह भोला, तू भी क्या याद रखेगा।

वही जमीन भोला के जी का जंजाल।'

युवा वृहस्पतिया अन्य नवजवानों को बढ़ते, बढ़कर आकाश छू लेते देख बौरा गया। सामान्य कद-काठी का साँवली रंगतवाला वृहस्पतिया भी सपने देखने की कूव्वत रखता था। वह बेहद उतावलेपन में भोला के पास जा पहुँचा।

एकदम सामने आकर कहा, "कई महीना से समझा रहा, तू मानता काहे नहीं। आज फैसला करना ही पड़ेगा। ऊ धनखेत में हम···"

"···हम पहले भी कह चुके हैं, तू नमकहरामी मत कर। मालिक ई काम के लिए जमीन नय दिए थे।"

भोला कब से अड़ा था। वृहस्पतिया भी।

"हमरे जीते-जी हिंया अफीम नय उपजाया जाएगा। मालिक का आतमा रोएगा।"

"ऊ देखने आ रहे हैं का? उनका काम था देना, दिए। बस!"

"बाकी सब बुड़बक है का?"

उसने भोला को फिर समझाना चाहा।

"हमको एतना पइसा नय चाहिए बेटा!"

"हमको चाहिए। तुम जैसे हमको पाला, वैसे ही हम भी अपने बच्चा सब को पाले क्या?"

उसने रंग उड़ी, जगह-जगह से फटी जींस के पॉकेट से हाथ निकाला।

आँगन में खटिया पर लेटे बाप का कंधा पकड़ बाहर दूर खेल रहे बेटों की ओर मोड़ दिया। एक आठ साल, एक तीन साल का।

दोनों बड़ी हसरत से पड़ोसी की फिएट को देख रहे थे। अफीम की खेती के पैसों से लहलहा रहा था पड़ोसी का घर।

कितने भोले-भाले किसान नक्सलियों से जा मिले थे। यह रास्ता भी सबको लुभा रहा था। बहुतों को जबरन भी दस्ते में शामिल किया जा रहा था।

खैर था, भोला के पुत्र वृहस्पतिया को वह सपना आकर्षित नहीं कर पाया। इसीलिए उसने खेती से ही बढ़ने का रास्ता चुना।

आज वह बाप के सामने फैसला करने के लिए अड़ा था। इस बार एकदम नहीं सुनेगा, वह सोचकर आया था।

"इनको भी हमरे जैसा कादो-पानी नसीब होगा का?"

भोला सिर झुकाए बैठा रहा, न में सिर हिलाते हुए। फिर कहा, "हमसे ई पाप नय होगा।"

बेटे का तरवा का लहर कपार पर। दो साल से इंकार ढो रहा है। उसकी भौंहें तनीं।

"सब बदल गया, तो हम भी बदल जाएँगे, ऐसा मत सोच।" बोला मोटा, ठिंगना, बूढ़ा, काला भोला। उसके इरादे अटल थे। वह खखारने लगा।

"मालिक का तनिक लिहाज कर बेटा!"

"मालिक गया भाड़ में। तू काहे नय समझता है कि···।"

वृहस्पतिया चुप हो गया आधा बोलकर। वह कब से खार खाए बैठा था। भोला ने सबको जेल भेजने की धमकी दी थी। बेटे से भी कहा था, "तू नय मानेगा जदि, हमको पुलिस बुलाने को मजबूर होना पड़ेगा।"

फिर बोला था, "हमरे खेत में अफीम नय उपजेगा, तो नय उपजेगा।"

अभी फिर दोहराया, "नय उपजेगा हमर खेत में अफीम···कह दिया बस!"

बस कहने के लिए उठे हाथों को नौनिहाल ने जकड़ लिया। आँगन में ही उसकी पत्नी अहरा से लाई गई मछली काट रही थी। नौनिहाल वृहस्पतिया का पैर फिसला, सँभला भी। हड़बड़ी में फिर पैर पड़ा। फिर वह सँभल गया।

भोला की जिद, "हम कह देते हैं, हमरे जीते-जी हिंया अफीम नहीं उपजाया जाएगा। ई पाप नय कर रे।"

"कहते रहो। बाकी सब बुड़बक है? आस-पास का लहलहाता खेत नहीं दिख रहा है का? आन्हर है?"

"हाँ, हैं हम आन्हर। तुम उ खेत में कोय दूसर काम नय कर सकता है?"

अब और नहीं। क्रोधी वृहस्पतिया का सब्र चुक गया। जब तक भोला जीवित है, उसका सपना एकदम पूरा नहीं होगा, वह समझता है।

उसने मछलीवाली बैठी को छीन, झट भोला के गले पर रख दिया। वृहस्पतिया की पत्नी की चीख निकल गई।

"ई का कर रहे हो?"

वह हतप्रभ हो खड़ी हो गई। घबराहट में हाथ-पाँव काँपने लगे। वृहस्पतिया पर खून सवार था। उसकी बीवी की बड़ी-बड़ी आँखें फट पड़ी थीं। भोला की मिचमिचाई, छोटी आँखों को विश्वास नहीं हो रहा था।

बेटे के सपनों को सच करने के लिए समय को किसी की बलि चाहिए थी। उसने पहले ही लगभग फैसला सा कर लिया था। बस, थोड़ी असमंजस की स्थिति। पिता को मनाते-मनाते थक चुका था। अब तो निर्णय लेने का समय था।

भोला क्षण भर में लहू के समंदर में डूब गया। चूँ भी नहीं कर सका। किसी को कानोंकान खबर नहीं हो पाई।

नौनिहाल निश्चिंत हो गया, अब कोई रोकने-टोकनेवाला नहीं बचा। उसे कोई पछतावा नहीं। पत्नी तो गऊ है, एकदम गऊ। मुँह खोलने की आदत ही नहीं है उसे। जरूरत भी नहीं।

"तू किसी से कुछ नहीं कहेगी। समझी?"

वृहस्पतिया पत्नी को कंधे से पकड़ झकझोरने लगा। उसके मुँह से एक बोल नहीं फूटा। आघात से निकलने के बहुत देर बाद उसने हाँ में सिर हिलाया। एक किनारे सिर पकड़कर बैठ गई। बच्चे बाहर ही थे और दूर खेतों में चले गए थे।

थोड़ी देर बाद पीछे के दरवाजे से बच्चों को किनारेवाले कमरे में ले जाकर पढ़ने बिठा दिया और बाहर से कुंडी लगा दी। शाम ढल रही थी। अँधेरे के साए गहरा रहे थे। बच्चों को कमरे में ही खिला-पिलाकर सुलाने के बाद देर रात को लाश ठिकाने लगाने की फिराक में दोनों लग गए। लाश को चुपके से ठिकाने लगा दिया गया, उसी खेत में।

शनिचरी तो पहले ही अगली जचगी के समय गुजर गई थी। कारण वही··· हस्पताल का दूर होना, डाकडर का नय टिकना, शनिचरी की याद··· हस्पताल का नय फरना, चमैन का अप्रशिक्षित होना।

□

चारों ओर की भूडोल की स्थिति में वृहस्पतिया भी डोलने लगा। किसानों की आत्महत्या से वह भी दुःखी। सूने होते जाते खेत की उसे भी चिंता, अर्थात् भोला के दिवंगत हो जाने में उसका दोष नहीं। समय के अनुसार चलना शनिचरी का लाल जानता था। नहीं जानता था, तो सीख चुका था।

सच में वक्त ने बाजी पलट दी। उसके सपनों का बड़ा घर थोड़े दिनों में ही बन गया। छोटा खलिहान बड़ा, घर के बाहर कार, बच्चे महँगे स्कूलों में, महँगी जींस, टी शर्ट में खूब फबते। पत्नी घर-बाहर सजी-धजी नजर आने लगी थी। गोदना और अन्य देहाती सिंगार-पटार से वह अलग हो चुकी थी। कादो-पानी से भी परहेज।

गाँव की सड़कें पगडंडियों को लील गईं। अनेक पेड़ सड़कों के गड्ढों के पेट में समा गए। स्टोव या गैस पर खाना खदबदाता रहता। सोलर लाइट से रात के अँधेरे को मात देने की कोशिश। गोबर गैस का प्लान पूरे गाँव में असफल। पशु धन से लोग दूरी बनाने लगे थे। अब गोबर आए कहाँ से?

लेकिन आस-पास गाँवों के सारे खेत फिर से खिलखिलाने लगे। यह सपना नहीं, सच था। कई सालों से वहाँ तथा आस-पास के गाँवों के किसान दुःखी नहीं।

वहाँ अफीम की खेती लहरा रही है। नौनिहाल भी पौधों की चुंदी पर सजे आकर्षक गुलाबी फूलों को देख अपने फैसले, अपनी मेहनत, सफलता पर फूला नहीं समाता।

फसल और वह साथ हँसते, “हऽऽ !··हऽऽ !”

अपने बल पर उसने दो कट्ठा जमीन को एक एकड़ में बदल दिया है।

उसके जैसे कई ग्रामीणों की पॉकेट में सिपाही, अधिकारी, पत्रकार, एक साथ खदबदाते रहते। मैन पावर से लेकर सारे पावर उन जैसों के कदमों तले। चुंदी पर गुलाबी-उजर फूलों को देखते हुए··डोडा में चीरा लगवाते हुए, फसलों के बीच घूमते हुए सुखी-संपन्न नौनिहाल आश्वस्त रहता है। पोस्ते की खेती रंग ले ही आई आखिर।

***

वैसे फिर से समय ने गुलाटी मारी है। समाचार-पत्रों में खबर है आजकल, पोस्ते की करोड़ों-करोड़ की कीमतवाली फसलें नष्ट की जा रही हैं। पोस्ते की खेती करनेवाले वृहस्पतिया जैसे लोग मुँह छिपाए फिर रहे हैं या जेल में डाल दिए गए हैं अब। मुखबिरों की बन आई है।

□

## 6

# उस घर के भीतर

इस घर के बरामदे जितने खुले-खुले थे, दिल भी उतना ही खुला था।

उस घर के बंद दरवाजे की ओर ताकते हुए वह अक्सर सोचता, कभी कोई फेंस के पास, खिड़कियों के पार या बरामदे में दिखलाई क्यों नहीं देता?

बेटा रौनक भी प्रायः पूछता, "पापा! उनके घर के दरवाजे हमेशा बंद क्यों रहते हैं? आगे-पीछे के दोनों दरवाजे कभी-कभार ही खुलते हैं।"

शाम को इस घर का मालिक सुकेश बेटे के साथ खेलने के बाद लॉन चेयर पर सुस्ताते हुए नजर आ जाता। उसकी निगाहें अनायास उठ जातीं। वह उत्सुकता से उधर देखता रहता। शाम ढले शायद किसी की परछाईं ही सही…। शाम रात में बदल जाती, दरवाजा नहीं खुलता। कभी चाँदनी रात, तो कभी अमावस्या का घनघोर अँधेरा, लेकिन वहाँ हमेशा अँधेरा ही छाया रहता। वह मच्छर मारना छोड़ अंदर चला आता।

उस मकान के दरवाजे पर लगा बड़ा सा ताला रात गहराने पर लगभग नौ बजे खुलता। सवेरे दस बजे बाहर से बंद होता। सुकेश की ड्यूटी आठ बजे से ही शुरू होती थी। वह सात पंद्रह तक निकल जाता अपने विद्यालय के लिए। सर्दियों के दिन में आठ बजे से क्लास चलती थी। अन्य समय और पहले जाना पड़ता था। तीन बजे तक छुट्टी। बच्चों के बीच रहते हुए वह बच्चों की मासूमियत को बेहद प्यार करने लगा था। सब बच्चे उसे अपने से लगते।

वह समझ भी नहीं पाया, वे आखिर कैसे, कौन लोग हैं, कितने लोग हैं? रोशनी की लकीरें बंद दरवाजे के पार से झाँक किसी की उपस्थिति की चुगली खाती रहतीं।

शुरू-शुरू में सुकेश सोचता, झिर्रियों से झरती रोशनी की इन लकीरों के लिए उन्हें जाकर टोके—'दिन भर क्यों लाइट जलाते हैं? सेव पावर।'

एक बार गया था मिलने। बेल बजाई थी, तो अंदर से ही किसी ने कितनी रुखाई से कहा था, "कौन है? क्या चाहिए?"

"कुछ नहीं चाहिए। मैं आपका पड़ोसी। बस, मिलना है। दरवाजा खोलेंगे?"

"मुझे नहीं मिलना। जाइए वापस। न जाने कहाँ-कहाँ से···। दूसरे के घरों में ताक-झाँक करने की आदत अच्छी है?"

प्रतिप्रश्न से उदास, अपना सा मुँह लेकर उसका मिलनसार मन लौट गया था। आते ही रिया से कहा था, "कैसे हैं ये अजनबी लोग! घर आए अतिथि के साथ कोई ऐसे बिहेव करता है। इतना रुखा स्वर!"

उसी दिन लॉन चेयर को दूसरे ढंग से सजा लिया था। तीनों कुर्सियों की बैक उस मकान की ओर।

पर उसके कान जैसे पीछे भी थे। उसे अक्सर आवाजें परेशान कर डालतीं। रौनक के साथ खेलते हुए भी, "गोंऽऽ! गोंऽऽऽ!!"

"अरे! कोई तो अंदर छूटा रह जाता है।"

"शायद डॉग, पापा!"

सिक्कड़ के खिसकने, मेज-बरतन खड़कने की आवाजें! वह नहीं चौंकता··· आम घरों से उठनेवाली आवाजें।

उसके चौंकने की वजह थी, बंद मकान से भी उठा करती थीं वे आवाजें!

किसी की बंद ताले के पार से उपस्थिति का आभास! फिर मन को समझा लेता, जरूर घर में कोई पेट होगा।

रिया कहती, "किसी के फटे में झाँकने की आदत तो तुम्हें कभी थी नहीं, फिर इस नवीन मकान में ऐसा क्या अजूबा हो गया?"

"कुछ···कुछ तो है। अजूबा ही है रिया! अस्वाभाविक···।"

"चलें अंदर? कुछ भी ऐसा-वैसा नहीं है। ये फ्लैट कल्चर के लोग हैं। पड़ोस से कटे-फटे रहनेवाले लोग फेंस से घिरे बड़े क्वार्टर में आ फँसे हैं, बस!"

"इतना भी क्या कटना!···इतनी भी क्या प्राइवेसी!"

"भूल गए अपने फ्रेंड संतोष को?" फ्लैट में केवल बीवी, बच्चे और मेड को जानता-पहचानता था। एक फ्लोर पर पाँच फ्लैट, लेकिन किसी ने किसी का चेहरा नहीं देखा था।

वह नहीं भूला। एकदम नहीं भूला।

संतोष के पत्नी-बच्चे नाना के घर गए थे। अकेला संतोष बाथरूम में गिरकर ठीक दरवाजे तक आया और दरवाजे के पास बेहोश पड़ा रह गया। रात को फोन करने पर भी भनक नहीं लगी उसकी उषा को। वह दो-दिन तक ऑफिस, घर में फोन घुमाती रह गई। जब तक ट्रेन घर पहुँचाती गुमनाम सी लाश पड़ी रही दरवाजे के पास।

अब तक उसे सालती है ऐसी मौत दोस्त की।

सुकेश का मन नहीं माना। दोपहर को लौटते ही एक दिन अपने घर के बदले उस घर के फेंस की ओर बढ़ गया, अप्रत्याशित। चारों ओर की खिड़कियाँ, दरवाजे बंद। पिछवाड़े की तरफ बढ़ा।

'गोंऽऽ! गोंऽऽऽ!!' फिर से वही आवाज। यह कौन सा पेट है भई। पीछे के द्वार की झिर्री से उसने आँखें जोड़ लीं।

पिछला दरवाजा एक आँगन में खुल रहा था, उसके क्वार्टर की तरह। इधर के हर क्वार्टर की तरह। आँगन का बड़ा भाग सामने था। उसके पार से बड़ा बरामदा भी झाँक रहा था। एकदम अपने घर जैसा।

पर आँगन में वहीं पड़े मेज से बँधा सिक्कड़, बड़ा सा कटोरा···लुढ़का हुआ। कटोरा भोजन से लिथड़ा पड़ा था। बरामदे में एक बेड भी किनारे पड़ा था।

बहुत देर खड़ा रहा सुकेश सुगबुगाहट को पकड़ने की कोशिश करते हुए। कोई भी नजर नहीं आया। अंततः वह लौट आया।

रिया सुनकर चौंकी जरूर, पर इसमें कुछ अस्वाभाविक नहीं लगा उसे।

"पेट के घर में रहने पर ये सब स्वाभाविक है।" वह शाम की तैयारियों में व्यस्त रहते हुए बस इतना ही बोली।

शाम को लॉन में रौनक के साथ क्रिकेट खेलते हुए भी सुकेश का ध्यान वहीं था।

दूसरे दिन स्कूल से लौटने के बाद सुकेश फिर बगलगीर के पिछले दरवाजे पर। आज भी दरवाजा अंदर से बोल्ट। कुछ तो नया नहीं। थोड़ी देर बाद आज भी लौटा।

लेकिन तीसरे दिन उसने अजूबा देख ही लिया।

वही सिक्कड़!"सिक्कड़ खड़का और एक चौपाया एक तरफ से सरकता दूसरी तरफ चला गया। कटोरे को उलटता हुआ। वह चौंका। उसकी आँखें झिर्री से चिपक गईं। इंट्यूशन निरंतर तंग करता रहा है उसे। चौपाया पुनः उस ओर आया। सुकेश ठीक से देख नहीं पा रहा था। थोड़ी देर ठहरकर वह वापस लौटना ही चाहता था कि चौपाया एकदम सामने आ, दरवाजे की ओर एकटक देखने लगा।

सुकेश की ऊपर की साँस ऊपर, नीचे की नीचे।

एक किशोर था वह। कृशकाय। विकलांग और अर्धविक्षिप्त लग रहा था।

'गोंऽ! गोंऽऽ!!' उसके मुँह से अस्फुट आवाज निकलने लगी फिर। सुकेश थोड़ी देर में लौट गया।

"नहीं। अब और नहीं।"मेरा इंट्यूशन एकदम सही था।"

उसी क्षण उसने ठान लिया। इस घर को अपने घर की तरह खुला, खिला बनाएगा वह। उस दिन उसने गोल-मटोल, घुंघराले बालोंवाले बेहद खूबसूरत रौनक को और प्यार किया। पप्पी से उसका मुँह भर दिया। उसके साथ देर तक खेलता रहा"खूब देर तक।

कल पार्क के असीम विस्तार में घूमने ले जाने और आइसक्रीम खिलाने का वादा भी कर लिया।

लॉन चेयर की दिशा फिर पूर्ववत्। शाम क्षितिज के ललहुन सूर्य को विदा कह चुकी थी, वह वहीं बैठा रहा। विदा होते सूर्य ने अपना पीला,

गुलाबी दुपट्टा समेट लिया, वह वहीं बैठा रहा। रात का खामोश अँधेरा गहराने लगा, वह बैठा रहा। रिया तीन-चार बार अंदर आने का निमंत्रण दे चुकी थी। उसने उतनी ही बार हाथ के इशारे से मना कर दिया। वह टकटकी लगाए उधर ही ताकता रहा, जिधर फेंस के पार ठीक उसके अपने क्वार्टर की तरह एक और क्वार्टर है। हर कुछ एक जैसा, लेकिन कुछ अनजाना··· अनचीन्हा !

नौ बजे दो सायों को जैसे ही उसने फेंस पार करते देखा, वह उठ गया। साए बरामदे की ओर बढ़े, वह लपकता वहाँ जा पहुँचा। वे दरवाजा खोलकर अंदर दाखिल हो रहे थे, अंदर से किलकारी की आवाज आने लगी थी। सिक्कड़, मेज के खिसकने की भी।

स्त्री आगे बढ़ गई थी। मर्द भी किवाड़ भिड़का आगे बढ़ा।

"संजू, डोर बंद करो।"

एक स्त्री स्वर सुना सुकेश ने, जब वह दरवाजे से अंदर प्रवेश कर रहा था। स्त्री ने आहट से चौंककर पीछे देखा। देखती रह गई अपलक···विस्फारित नेत्रों से। पुरुष अपने बैग को टेबल पर रख, उस पतले-दुबले विक्षिप्त से किशोर के सिर पर हाथ फेर रहा था। गोरे, लेकिन झँवलाए किशोर की नजर सुकेश पर पड़ी। वह किलकने लगा।

"संजू, इसने तंग तो नहीं किया। खाना खाया था?"

पास ही खड़ी एक अधेड़ महिला से वह पूछ रहा था। उसका ध्यान अंदर घुस आए अजनबी आगंतुक की ओर एकदम नहीं था, फिर अचानक वह पलटा।

सब हतप्रभ थे···सब, सुकेश पर ध्यान जाने के बाद से। दोनों पति-पत्नी कुछ देर गुस्से, शर्मिंदगी, अफसोस से सुकेश को देखते रहे। फिर पहले पति की नजरें नीची हुईं, तब पत्नी की। वे निगाहें झुकाए सुकेश की नजरों से जैसे बच जाना चाह रहे थे।

सुकेश ज्यादा देर वहाँ नहीं रुका। एक निगाह उस बेतरतीब कमरे पर डाली। सबके उदास, लज्जा से झुके चेहरे को देखा। आगे टी.वी. स्टैंड के पास गया, ठिठका और फिर बाहर।

इस बीच उसने न एक शब्द उनसे कुछ कहा, न पूछा। लौटते हुए एक निगाह उन लोगों पर पुनः डाली थी, बस!

"अरे! यह कागज कैसा? रितेश, उसने रखा है।"

पत्नी ने साश्चर्य कागज उठाया। पढ़ा। उसकी आँखें नम हुईं। हाथों में थरथराहट सी भर गई। उसने काँपते हाथों से खत पति की तरफ बढ़ा दिया। पति ने भी पढ़ा। विचलित हुआ। फिर दोनों ने साथ में पढ़ा। वह बेजान कागज नहीं, एक पत्र था···जीवंत, कुछ बोलने को आतुर।

खत में लिखा था—

'कुछ गुम जाने से ये जीवन खत्म नहीं हो जाता दोस्त! जीवन तो चलता ही रहता है। आप चलो, न चलो···वह रुकेगा नहीं। फिर हम क्यों रुक जाएँ!

तुम्हें क्या हक है, किसी मासूम को उसके अनकिए अपराधों की सजा दो?

इसे इसके हिस्से की धूप, हवा, पानी लेने दो। फिर देखना, यह कैसे फलता-फूलता है। कुदरत के इस खेल में तुम्हारा, इसका या किसी भी मनुष्य का क्या दोष?

क्यों बाँधकर रख दी इस कोंपल की बढ़त?

फिर···फिर पूछता हूँ, हक है तुम्हें? किस सदी में जी रहे हो? बाहर निकलो तो सही।

तुम्हारे एक हमदर्द पड़ोसी ने तुम्हारे दर्द को जानने की जुर्रत की है। अंदर से आनेवाली किलकारी या आह की आवाज की अनदेखी नहीं कर सका वह। क्षमाप्रार्थी!

पड़ोसी के घर का गेट तुम लोगों के लिए सदा खुला है। मेरा बेटा रौनक भी अभी छोटा है। खेलने-कूदने की उम्र है उसकी। तुम्हारे बेटे की भी। रौनक तुम्हारे बेटे का इंतजार करेगा। आओगे न?'

□

# 7

# किर्चें

समय ने पलटकर देखा कि ऐसी क्या अनहोनी हो गई, शायद आज हवा चली नहीं, एक भी पत्ती हिली नहीं, शायद आज धूप नहीं निकली, धरा की गीली चुनरी नहीं सूखी या···या शायद जीवन ठहर गया।

जब प्रशांत ने उसका नाम लिया, कमरे से निकलती शुभदा के पाँव ही नहीं ठिठक गए, उसकी साँस तक ठिठक गई।

शुभदा का चौंकना कहाँ अस्वाभाविक था। अचानक 'शुभदा'!

डॉक्टरनी साहिबा से शुभदा में बदल गई, तो मन की कोरी देहरी में भरावट आनी ही थी, लेकिन वह भरा-भरा महसूस करने की बजाय चौंक उठी।

वह पलटकर प्रशांत को देखने लगी। प्रशांत आराम से आँखें मूँदे गाना सुन रहे थे। लता मंगेशकर, मो. रफी का बेहद पॉपुलर सॉन्ग। शुभदा जब कमरे में आई थी, उन्हें अपने में डूबे गाना सुनते देख पलट पड़ी थी। अभी दरवाजे के पास पहुँची ही थी कि उनकी आवाज में घुल 'शुभदा' शब्द ने उसके पैरों को जकड़ लिया था।

इन पाँच वर्षों में वह पहली बार अपना नाम सुन रही थी। ब्याह की वेदी से उठकर आने, विदा होने तक यह नाम सबकी जुबान पर था, परंतु गाड़ियों के काफिले के साथ लौटते समय से ही कहीं खो गया था।

रिश्तों के जंगल में वह बहू थी, भाभी थी, चाची थी, मामी थी, यहाँ तक कि दादी-नानी भी थी। नहीं थी तो बस शुभदा नहीं थी। एकांत कोने में वह

प्रशांत के लिए डॉक्टरनी थी···पहले ही दिन से, प्रथम रात्रि से भी सबके सामने 'ये'। यह अस्सी का दशक था।

"आओ, तुमसे कुछ बात करनी है।"

संबंधों पर पड़ी बर्फ को पिघला पाएँगे क्या? एकाएक यह कोशिश क्यों? मन में संशय की धुंध घिरनी ही थी।

पाँच साल की पूरी जिंदगी इन्हीं संशयों, चोटिल अहसासों, दर्द के सुलगते सायों के साथ इन्हीं के बीच गुजर गई।

कहते रहते थे प्रशांत, "डॉक्टरनी साहिबा, आप तो जानती ही हैं, अच्छी तरह समझती हैं, मैंने आपसे ब्याह क्यों किया था।"

शुभदा फिर कहीं खो गई। डॉक्टरनी अपने पूरे कद के साथ फिर खड़ी हो गई। उसे कितना शौक था···शुभ···शुभी···या फिर शुभदी का ही। उसके सामने पिछले कई वर्ष घूम गए, "आपसे ब्याह मैंने इसीलिए न किया था कि आपकी कमाई की मोटी रकम मेरी जेब की शोभा बढ़ाए। नहीं तो आपके इस साँवले रंग में रखा क्या था।"

"मेरी साँवली सलोनी मीठी-सी गुड़िया।" दादा कहते न अघाते थे।

"एक से बढ़कर एक रिश्ते···आपसे बहुत ज्यादा गोरी, सुंदर वह लड़की थी, हाँ, नैना। बी.ए. पास नैना। घर सँभालने में निपुण।"

शुभदा अपदस्थ!

"डॉक्टरनी साहिबा, आप सुंदर तो हैं, पर आपकी कमाई कहीं ज्यादा खूबसूरत है। अभी कम है। आगे नर्सिंग होम खोलेंगी तो···।"

शुभदा समझ रही थी। सब समझ रही थी।

"इन्हीं पैसों से ऐश करने के लिए तो मैंने उतने कम दहेज में भी विवाह के लिए हामी भरी थी। अहसान मानो मेरा।"

फिर उसका दाहिना हाथ थाम लिया। उसमें पति के हाथों की कोमलता नहीं, कसाई के हाथों की कठोरता थी।

"लाइए, पर्स हमें दीजिए। सरकारी अस्पताल का पैसा हम भी तो चखें।"

अभी कल की ही बात हो जैसे, "डॉक्टरनी साहिबा, आप जानना चाहती

हैं न, मैं काम क्या करता हूँ? तो आज सुन ही लीजिए, मैं···मैं···वो कारों की कतारें देखी हैं न बाहर···सबकी नंबर प्लेटें बदली हुईं हैं। रंग-रोगन भी एकदम नया। सीटों के कवर भी नए और···और···।"

"किर्चें···केवल किर्चें! सपनों के आहत होते जाने से अलग-अलग बिखरी पड़ीं अनगिन किर्चें!"

"डॉक्टरनी साहिबा, व्यापार में बहुत घाटा सहना पड़ रहा है। अपने बाप से दस लाख माँगकर लाइए न। न···न···न की कोई गुंजाइश नहीं है। रईस बाप की बेटी से शादी की ही इसीलिए···।"

"और एक बात, आपके बाप आपका नर्सिंग होम बनवाने के लिए कब तैयार होंगे? अब पाँच साल बाद भी वही रूखे-सूखे से कैसे काम चलाऊँ। वहाँ का सारा आर्थिक पक्ष सँभालने के लिए तैयार हूँ। अपने बाप···।"

किर्चें बुरी तरह चुभने लगीं।

"अब और बाप-बाप कहा···।"

"···तो?···तो क्या? आपकी जबान कब से इतनी लंबी हो गई! काटकर रख देंगे।"

"कितना सहूँ? पापा का अपमान बर्दाश्त नहीं कर···।"

"···क्या कहा।··· तड़-तड़ाक···औरतों को वश में करना मुझे आता है।"

"क्या कहा, किस्त-दर-किस्त तुम्हारे घरवाले खामियाजा भरते रहे हैं। खामियाजा?···किस बात का खामियाजा बोलती है डॉक्टरनी? अहसान बोल, अहसान।"

"बहस-मुबाहिसे अपने स्कूल-कॉलेज की प्रतियोगिताओं तक ही रखती तो अच्छा था। वहाँ मेडलों से घर भर रखा है तो यहाँ भी तुम्हारी बहस-मुबाहिसें सुनें।··· इक्कसवीं हो या बाइसवीं सदी, घर की चौखट पर औरत हमेशा औरत ही रहेगी, समझी।"

"ये बस तुम या तुम जैसों की सोच है।"

"नहीं समझ में आती मेरी बात? टेंटुआ दबा दूँगा। बहस करना बर्दाश्त नहीं, कितनी बार कहा है।"

□

"डॉक्टरनी साहिबा···डॉक्टरनी साहिबा···डॉक्टरनी साहिबा···!"

अचानक 'शुभदा'। चौंकना स्वाभाविक था डॉ. शुभदा का। शहद टपक रहा था आज, "आओ, बैठो पास।"

"पास?"

कब से बैठी न थी, यह भी याद नहीं था। खड़ी ही रही।

"बैठो।" पास में रिवॉल्विंग कुर्सी पड़ी थी। उसे परे खींच बैठ गई। चेहरा धीरे से उठाकर प्रशांत का मन पढ़ने की कोशिश करने लगी।

"शुभदा, तुम्हारे माता-पिता गुजर गए।"

शुभदा अवाक् थी। पर अभी आघात सा लगा। इन्हीं के कारण तो···।

और एक कारण—प्यार, स्नेह, इज्जत की भूख कब की मिट चुकी थी, प्रशांत उसे जीवित करना चाहते हैं क्या? कर पाएँगे? आघात पूर्ववत् बना रहा।

"अब मेरा भी सहारा छिन गया। ऐसा करो, तुम्हारे भैया हैं न, उनसे कहो, जरा व्यापार में मदद कर दें। घाटे में चल रहा है। जैसे ही बिजनेस सँभले···।"

प्रशांत अपने को बिजनेसमैन की तरह ही सबके सामने पेश करते। डंक लगते ही वह उठ खड़ी हुई।

"मुझे नहीं लगता, हमें पैसों की कमी है। अब भैया को मत फँसाइए। पापा को इतना निचोड़ चुके हैं, अब और मायके के किसी व्यक्ति से आशा···।"

प्रशांत के अंदर एक बिच्छू करवट बदलने लगा। फिर भी भरसक संयत स्वर, "मैं उनसे नहीं माँगता। जानता हूँ, वे देंगे भी नहीं, लेकिन तुम प्यार से कहो तो बात बन भी सकती है।"

उसने दाँत भींच लिये। इस आदमी की आँखों का पानी कब तक मरकर सड़ता रहेगा?

"नहीं! मुझसे यह पाप मत कराइए। मैं आर्थिक रूप से टूटे हुए भैया को जरा भी बोझ नहीं दे सकती।"

"बात को समझो शुभदा! तुम्हारे भैया···। तुम्हारा नर्सिंग होम भी तो अब तक नहीं बना है।"

"मेरे भैया पापा का कर्ज चुकता करते हुए अधमरे हो जा रहे हैं। मैं और तंग नहीं कर सकती।"

वृश्चिक राशि के अंतस का विष कुलबुलाने लगा था।

शुभदा की आवाज गूँज उठी फिर, "वैसे भी पापा ने मनुज भैया के प्रति अन्याय किया है। मुझे पढ़ाने, बढ़ाने में ही औकात से ज्यादा खर्च कर डाला। उन्हें अपने बल पर आगे बढ़ने की बात कहते रहे।"

उसने हलकी साँस ली हलका होने के लिए। फिर कहा, "भैया एक साधारण सी दुकान से अपना घर चलाएँ, पापा का कर्ज चुकता करें या आपके बिजनेस के सुरसा मुख को भरते रहें। बिजनेस भी क्या···कार की चोरी···।"

चोरी शब्द को होंठों पर लाने से पहले ही वह कमरे से बाहर। यह खुलासा चंद रोज पहले ही हुआ था। सदा संदिग्ध लोगों से मिलनेवाले प्रशांत के मुँह से ही सुना था कि दो कारों के बेचने से कारों के रंग-रोगन, नेम प्लेट आदि-आदि का खर्च निकल आएगा। साथी से धीरे, दबे शब्दों में कह रहे थे प्रशांत। अनिकेत की नैप्पी बदलती शुभदा के कान खड़े हो गए थे।

वह उसी समय थाने में फोन करने के लिए उद्यत हुई। रिसीवर उठा भी लिया।

फिर औरत यानी पत्नी के औरतपन ने हाथ रोक लिया था। दो महीने के अनिकेत को कम-से-कम पिता का प्रेम-स्नेह तो मिल रहा है। यहाँ प्रशांत कंजूस नहीं, शाहखर्च थे।

दिन भर की भाग-दौड़ से थकी शुभदा घर आते ही उन्हें अनिकेत पर प्यार का खजाना लुटाते देख आश्वस्त हो जाती। पिता के रिश्ते की गरिमा को पहचानता है यह आदमी। उसके मुन्ने को दोनों की आवश्यकता है। हाँ! अपने पिता की भी। उसने रिसीवर हौले से रख दिया था।

तब से उसने प्रशांत के बगल में सोना बंद कर दिया था। चाय भी साथ नहीं पीती। कभी बहसें, कभी अनिकेत का वास्ता। तब भी वे राह पर ही नहीं आते।

वह यानी शुभदा अपने विद्यालय, महाविद्यालय की मेधावी, तर्कशील छात्रा। कई डिबेट की विजेता। एम.बी.बी.एस. की पढ़ाई करते हुए दहेज,

तलाक की मुखर वक्ता शुभदा—कैसे–जी हाँ!–जी, जो कहें!–ठीक। बात करूँगी पापा से। आदि के संक्षिप्त चक्रों में घूमने लगी, उसे खुद भी नहीं पता।

तब कहा था, "पापा, लड़के से ज्यादा मैं पढ़ी–लिखी हूँ। ज्यादा कमाती हूँ। दहेज मुझे मिलना चाहिए न? वह अधिक दहेज का कैसे हकदार हो गया? खर्च मेरी पढ़ाई पर ज्यादा हुआ है न?"

लेकिन माँ की बीमारी से बँध सारे मेडल को ताले के हवाले कर दिया था। मुखर विरोध फिर धीरे–धीरे बर्फ की सिल्ली में तब्दील ! इतनी पढ़ी–लिखी होने के बाद भी किस्तों में भरी थी शादी होने की सजा। भैया को किसी तरह बी.ए. करवा पापा ने हाथ खड़े कर दिए थे। उन्हें प्रतियोगी परीक्षाओं के हवाले। वे विफल होकर एक दुकान चला रहे थे।

"नहीं! वह उन्हें पापा की तरह···नहीं, नहीं।"

युवा लड़कियों के जैसे शुभदा के भी अंदर आकाश को नाप लेने के सपने। उसने बहुत शौक से बोए थे।

अपनी खिड़की से चाँदनी को निहारती शुभदा का सिर तकिए पर। आँखों में नींद नहीं। हाथ अनिकेत की पीठ को सहलाते हुए। छन–छनकर आती चाँदनी बादलों से आँख–मिचौली में व्यस्त, वह बेतरतीब विचारों में।

खूँटी पर टँगा एप्रन मुँह चिढ़ा रहा था। एप्रन पर मेडल चिपके जा रहे थे। वाद–विवाद में प्रथम···संगीत में द्वितीय या प्रथम···दौड़ या लॉन्ग जम्प में प्रथम–द्वितीय···प्रथम श्रेणी में प्रथम स्थान पर आर.एम.सी.एच. में नाम कमाती शुभदा का मेडल। दहेज की चिंता से निशा को बचाकर लाती शुभदा ने मेडल नहीं जीता था। जीता था, सबका विश्वास, कोमल स्त्री मन को हिम्मत बँधाने की आस।

उसी शुभदा का एप्रन बड़ी–बड़ी पॉकेटों में बदलकर रह गया था। उसने करवट बदली। सामने फिर वही एप्रन। पहली बार मार उसने तब खाई थी, जब पर्स देने से इंकार किया था। दूसरी बार, जब वह एक–चौथाई पैसे निकाल छुपाने लगी थी और रँगे हाथों पकड़ी गई थी, फिर तो हक था पति का।

हर बार प्रशांत के छोटे भाई–बहन, माँ या पिता दौड़कर खिड़की–

दरवाजे बंद करने लगते। रेडियो, टेप की आवाज तेज कर दी जाती। बड़े घरों में मारपीट की 'आवाज' अच्छी लगती है क्या! बड़े घरों की बड़ी बातें···बड़ी कोठी···बड़ी गाड़ियों की चर्चा उनमें फबती है।

"क्यों सहती रही इतना? भूखों मरने की मजबूरी तो न थी।"

एप्रन बिस्तर पर आ, गलबहियाँ डाल चाँदनी को देखने लगा। बीच से झाँकता स्टेथस्कोप। उसने भी उलाहना दिया, "क्यों सहा इतना?"

"मम्मी-पापा के कारण। अब भी वे अर्थी के साथ ही देहरी लाँघने की विचारधारावाले थे।"

स्टेथस्कोप जिरह पर उतारू, "वे लोग क्यों मरे? कैसे?"

"अपनी रूढ़ियों के कारण।"

लगा, वह जवाब देते थक रही है।

"पागलपन से। पढ़ी-लिखी डॉक्टर बेटी की कीमत को बेटी की मुसकराहट के बाद भी पहचान लेते थे पापा। और माँ भी।"

भाई को भी मारना है? या खुद के साथ मुन्ने को खत्म करना है? एप्रन कूद पड़ा फिर से। एप्रन मिट्टी के तेल के कनस्तर में, स्टेथस्कोप माचिस में बदल गया।

फिजाओं में जले मांस की गंध। साँस लेने में भी तकलीफ। चारों ओर धुआँ। मानव-मांस के जलने की गंध! एक मांस का लोथड़ा स्त्री आकृति की काली काया से चिपका···गँधाता।

ऊपर से एप्रन, स्टेथस्कोप ठठाकर हँस रहे हैं। चाँदनी आग बन चुकी है।··· फिर दोनों हथियार बन गए।

प्रशांत ने सोने से पहले कहा था, "भैया से बात कर लेना नहीं तो···।" उसे अनिकेत को प्रशांत भी नहीं बनाना है।

एकाएक शुभदा ने बेटे को उठा, चाँदनी को बाँहों में भरा और बाहर। दोनों हथियार साथ थे। पुलिस ने जल्द ही घर को घेर लिया। शुभदा का कॉल काम कर गया था।

□

कितना संघर्ष! कितनी परेशानी! पर डॉ. शुभदा ने हार नहीं मानी। समय के माथे पर बल पड़ गए, शुभदा के माथे पर नहीं। आज इतने वर्ष पश्चात् सबकुछ व्यवस्थित!

विगत में देर से ऊब-डूब करती हुई अपने चैंबर में बैठी शुभदा ने बेटे अनिकेत को आवाज दी। डॉ. अनिकेत आज ही आगे की पढ़ाई करने अमेरिका जा रहा है।

शुरुआत में मुश्किलें आईं। खूब मेहनत करनी पड़ी। अनिकेत को अकेले पालना भी भारी काम था।

लेकिन यह शुभदा थी। मुश्किलों से दो-दो हाथ करना उसे अच्छी तरह आता था। हर समस्या को ठेंगा दिखला सकती है। हर संघर्ष में तनकर खड़ी-अड़ी रह सकती है। अंततः मेहनत, लगन, चाहत रंग लाई और उसका अपना नर्सिंग होम खुला। इतने सालों में 'अनिकेत नर्सिंग होम' का बोर्ड खूब चमचमा उठा है। शुभद्रा के साथ उसके हथियार एप्रन, स्टेथकोप और चाँदनी अब भी हैं। किर्चें गुम! सदा के लिए गुम!

□

# 8

# एक उदास चिट्ठी

डियर ममा,

मैं आशा करूँ, तुम अच्छी हो? ममा, मैं यहाँ तुम्हें बहुत ज्यादा याद करती हूँ। यूँ तो रुई के फाहे जैसे खरहा की तरह मैंने तुम्हारी यादों को सहेजकर रखा है, कभी भी उसे अपने से दूर नहीं किया, लेकिन इधर तुम्हारी याद चौकड़ी भरते हिरण की मानिंद मेरे मन के द्वार पर आकर खड़ी हो जाती है और मैं अपलक उसे देखने लगी हूँ।

तुमने कभी नहीं लिखा। कभी मेरी यादों को नहीं सहेजा शायद। तभी तो पत्र की महज दो लाइनों के लिए तरस जाती रही हूँ। क्या सच में मैं इतनी बुरी हूँ? एक मेल की ख्वाहिश भी नहीं रखूँ? अपनी ममा के लिए इतनी सी उम्मीद भी न रखूँ?

तुम्हें वे दिन याद हैं, जब पूरब की लालिमावाले इस देश में तुमने पापा के साथ कदम रखा था। पापा ने पैर धरते ही किसी कवि की पंक्तियाँ कह डाली थीं। तुमने झिड़क दिया था, "क्या पूरब-पूरब की रट लगा रहे हो।"

पापा ने इसी पूरब के महानगर मुंबई के एक हॉस्पिटल में तुम्हें एडमिट कराया था। दो दिन की पीड़ा के बाद तुम्हारी पूर्वा का जन्म हुआ था। पूर्वा, तुम्हारी बेटी···पूर्वा मैं! क्या तुम यह भूल सकी कि उसी पूर्वा ने तुम्हें तुम्हारे बचपन से मिलवाया था।

मेरा पूर्वा नाम पापा ने रखा था। कितने स्नेह से पूरब के इस देश में उन्होंने अपनी बेटी को पहली बार पूर्वा पुकारा था। उसके लाल कोमल गालों को हाथों में थाम सारा प्यार पापा ने उस पर उड़ेल दिया था, ऐसा तुमने ही बताया था।

पूर्वा पापा की चहेती, तुम्हारी आँखों की चमक। आज यह चमक तुमसे दूर है। तुमने मुझे दूर नहीं किया था, मैं ही दूर हो गई थी। पर ज्योति का साथ छोड़ देने से आँखों की चमक बुझ जाने तो नहीं दी जाती। कोशिशें जारी रहती हैं न··तब भी?

"तुमने यह कोशिश फिर क्यों नहीं की? क्या तुम्हें सच में जरूरत नहीं?"

"ममा, तुम्हें तो याद ही होगा, शिकागो में एक स्मार्ट युवक से हमारा परिचय हुआ था। उस विशाल डांसिंग फ्लोर पर कई जोड़े डांस कर रहे थे। मैं नहीं थी, तुम थी वहाँ। तुम्हारे साथ तुम्हारे मित्र थे, मेरे पास मेरी तन्हाइयाँ। मैं उन तन्हाइयों के सागर में गोते लगा-लगा ज्ञान के सच्चे मोती ढूँढ़ लाया करती थी, उससे कभी घबराया नहीं करती थी। तुम काफी चिढ़ती, समझाती, "इन स्वप्निल आँखों को ज्ञान का चाबुक थमा, क्यों इस तरह सपनों को मार डालना चाहती हो? वह भी एक पराए देश के दर्शन, संस्कृति-सभ्यता को समझने के लिए।"

मैं कहाँ मानती थी।

तुमने डांस, म्यूजिक, भ्रमण इन सबको अपना साथी बनाया, मैंने पुस्तकों को। ज्ञान की पिपासा ने मेरे अंदर पुस्तकों के प्रति एक ललक-सी भर दी। मैंने जितना विवेकानंद, रामकृष्ण परमहंस, महात्मा गांधी, रजनीश को जाना, जितना उनके साहित्य में डूबती गई, उतना ही तुम मुझसे विमुख होती गई।

मैं अंतर्मुखी। तुम्हारे संस्कार, तुम्हारे देश, तुम्हारे सगों के विचार मेरे भीतर किसी तरह नहीं आ पाते। उसी गुस्से और दुःख में तुम मुझे मार भी बैठती। सच कहूँ, बुरा लगता था तब, अब नहीं लगता। तुम्हारी संस्कृति में डांस, गाना, डेटिंग वगैरह ही फबता था।

मेरे बदल जाने पर तुम अक्सर झिड़कती। तुम्हारा क्या कुसूर, तुम अपने संस्कारों को कैसे छोड़ देती! तुम्हारी तनिक गलती नहीं और मैं भी शायद गलत नहीं थी उन दिनों।

मेरे अंदर भी पूरब के संस्कार घर कर गए थे··· अनजाने ही। शायद तभी, जब तुम्हारी काया से अलग हुई थी मेरी काया।

शायद इस देश की मिट्टी, हवा, पानी, फिजा का असर था। मेरे जिस्म के असंख्य रोम छिद्रों से अनायास प्रवेश कर गया था यह। उस पर पापा का जीवन दर्शन।

तुम्हारे अनुसार, पापा तभी से बिगड़ गए थे, जब पहली बार भारत आए थे। तुम उनके बदले स्वरूप को बर्दाश्त नहीं कर पाती थी। वे अपने को पुनः बदल डालने को कत्तई तैयार नहीं थे।

पापा तुम्हारे साथ यहाँ चार वर्ष रहे थे। उन चार सालों ने तुम्हारी पूर्वा को साढ़े तीन साल बड़ा कर दिया था। साढ़े तीन वर्षीया बेटी को तब वे आश्रमों में घुमाया करते, सिद्ध पुरुषों से मिलाया करते। एक पतले से झबले में लिपटा, कंधे पर लाद, साधु-संतों की कुटियाँ की सैर कराते। मैं कहाँ समझती थी तब यह सब।

यहाँ की माटी, पानी ने तभी शायद रंग जमाना शुरू कर दिया था। वे सब अनजाने ही पूर्वा की आत्मा तक को स्पर्श कर मन की साँकल खड़खड़ाने लगे थे। यह सब वह समझ नहीं पाती, लेकिन कुछ था, जो खींचने लगा था।

हाँ तो मैंने बात उठाई थी, उस डांसिंग फ्लोर की, जहाँ तितलियों-सी शामें फर्श की सतहों पर फिसला करतीं। औरतें गैर-मर्द की बाँहों में, मर्द गैर-औरतों की आँखों में। होंठों के अनगिनत चुंबन गैर को गैर नहीं रहने देते।

हर पुरुष-स्त्री फिर अपने-अपने नीड़ की ओर। साथ-साथ जीते-मरते हुए पति-पत्नी संबंध का निर्वाह करते। कहीं कोई अपराधबोध नहीं, गलती का अहसास नहीं।

जीवन का भरपूर लुत्फ उठाते किशोर-किशोरी, युवा मन, बुढ़ाता तन! किसी के अंदर आत्मग्लानि नहीं। यही संस्कार था उनका।

तब भी यह नवयौवना, जिसने डेटिंग का मर्म न जाना था, जिसके मन-तन पर किसी की अब तक छाया न पड़ी थी, कुफ्त हो उठती उन संस्कारों, क्रियाकलापों से।

उस दिन भी उसे कोफ्त हुई थी और यूँ ही नामालूम सी स्थिति में बैठी, लिपटते-चिपटते जोड़ों से अनभिज्ञ अपने में गोते लगा रही थी। वाद्ययंत्र का भयावह शोर भी उसकी तंद्रा को तोड़ न पाया था।

तभी तीखे नाक-नख्श को झुठलानेवाले साँवले युवक ने पूछा था, "मैं आपके पास बैठ सकता हूँ?"

"न···नहीं।"

बस ढाई अधूरे शब्द तेरी पूर्वा के मुँह से फिसल निकलना ही चाहते थे कि उसने देख लिया, वह कोई अंग्रेज नहीं, खालिस हिंदुस्तानी था। उसके देश के संस्कारों से बिंधी मैं कह उठी थी, "अवश्य बैठिए श्रीमान्। मुझे भी प्रसन्नता होगी।"

वह पास ही बैठ गया था। मैं अपलक, प्रश्नवाचक दृष्टि से उसे देखे जा रही थी। वह थोड़ी देर तक शांत भाव से मेज पर उँगलियों से थपकी देता रहा।

"क्या बात है मिस, मैं अक्सर यहाँ आता रहता हूँ। आपको कभी भी बार की ओर जाते नहीं देखता। डांस फ्लोर की तरफ आँख भर देखती भी नहीं आप।"

मैंने तपाक से पूछा था, "मैंने भी हमेशा यहाँ आपको देखा है। आप अन्य विदेशियों की तरह बार की ओर नहीं लपकते, फ्लोर पर नहीं फिसलते।"

वह पलकें झपकाने लगा। लंबी बरौनियोंवाली पलकें। उनकी लंबी बरौनियों ने उस काले-श्यामल चेहरे को एक उदास सी छुअन दे दी थी। मोटी-मोटी आँखों में कुछ कशिश दुगुनी तीव्रता से नाच रही थी कि मैं पल भर में काले, दागदार चेहरे की ओर खिंच सी गई।

वह कह उठा, "मैंने इंग्लिश में पूछा कि आप मेरी भाषा नहीं समझ पाएँगी। आप तो साफ हिंदी···"

"···मैंने हिंदी में मास्टर डिग्री ली है।"

मैं हँस पड़ी। उसकी भी धवल दंतपंक्तियों के बगुलों ने पंख पसार लिये थे।

"आपकी हथेली में दबी यह हिंदी की पुस्तक...मैं देख सकता हूँ?"

मैंने पुस्तक बढ़ाई थी—"अवश्य।"

"ओह! विवेकानंद? मैं आपको एकदम समझ नहीं पा रहा मैम!"

पुस्तक पर हाथ फेरते हुए उसने कहा।

"इसमें समझने की क्या बात है, मेरे पापा ने बचपन से ही भारत की संस्कृति, धर्म, ज्ञान-विज्ञान की शिक्षा दिलाई है। मेरे पापा ने मुझे नौ वर्ष की उम्र में सारा भारत घुमाया था। पूरे तीन वर्ष तक भारत भ्रमण कर मैं योग शिक्षा के लिए मुंगेर में टिक गई थी। पापा भी साथ थे। उन तीन वर्षों में उन्होंने मुझे हिंदी सिखलाई। मैं भी लगन से सब देखती-गुनती रही।

"वहाँ की साध्वियों को देखकर भी काफी सीखा। वहाँ के रजनीश भी मुझे खींचते हैं। उनकी ओजस्वी वाणी और विचार काफी प्रेरणास्पद हैं। उनमें यह शक्ति है कि वे अपने ज्ञान और विचार से अपनी ओर सबको खींच ही लेते हैं। विवेकानंद का तो खैर सानी नहीं है।"

"भारत की कौन सी बात आपको सबसे अच्छी लगी? हमारे देश का वह क्या है, जो आपको इस कदर बाँध गया कि आप यहाँ की महिलाओं की तरह नहीं हैं।"

उसने विवेकानंद की तस्वीर देखते हुए कहा। उसके भोले प्रश्न ने मुझे मुखर बना दिया था।

तुम डांस करती रही, मैं बताती रही थी, "उसके देश में आत्मा की ऊँचाइयों को देखा है मैंने। शरीर वहाँ प्रमुख नहीं, आत्मा है। वहाँ की संस्कृति में रचा-बसा गौरवमय इतिहास मुझे बता गया था, पुरुष-स्त्री नर और मादा नहीं। तमाम तरह के पवित्र रिश्तों की डोर में बँध पाक-साफ जीवन जीते हैं वे लोग।"

उसके होंठों पर मुसकराहट ने घेरा डाल लिया था। वह कह उठा था, "आपने मुझे बताया कि हम महान् हैं। हम तो अपने आप को पिछड़ा मान शर्मिंदगी महसूस करते हैं।"

फिर तुम हम तक चली आई थी, अपने पार्टनर की कमर को पकड़े हुए, नशे में धुत्त। व्हिस्की की बोतल में कैद एक अवश महिला।

मैं उठकर चल दी थी, तुम्हें सहारा देते हुए। वह भी बाहर तक छोड़ने आया था। गाड़ी में हमें बिठाया। कहा, "लगता है, तुम्हारी ममा आज होश में नहीं आएँगी। साथ चलूँ क्या ?"

"जी नहीं! मैं सँभाल लूँगी। यह आए दिन की बात है और कब तक सँभालोगे आप ?"

"जीवन भर।"

उस संक्षिप्त उत्तर से चौंककर तुमने उस युवक की ओर देखा था। मैं शर्म से लाल हो उठी थी।

फिर कहाँ सुनी थी हमने तुम्हारी बात। तुमने अपने समाज में मेरा ब्याह कर उसी समाज का हिस्सा बनाना चाहा था। मैंने साफ शब्दों में कहा था, "मेरा जीवनसाथी कोई बन सकता है, तो वही या वैसा ही कोई व्यक्ति। पूर्वा का पति पूर्व का ही कोई शख्स।"

ममा, मुझे उस समय पापा की बहुत याद आई थी। पापा के दिखाए रास्ते पर बढ़ने की ललक एवं खुद उस संस्कृति में घुल-मिल जाने की चाह। ममा, तुम्हें याद हो, न हो, मैं अक्सर अपनी टाँगों को साड़ी के असीम फैलाव में ढँकती रहती थी। तुम नाक-भौं सिकोड़ कह उठती, "तुम्हारे डैड तुझे बर्बाद कर रहे हैं।"

मुझे पूरी तरह बर्बाद कर, पुस्तकों के सुपुर्द कर पापा उड़ गए थे अनजाने सफर पर, कभी नहीं लौटने के लिए।

मैं जिद में अनिकेत से विवाह कर भारत चली आई थी।

कभी की सोने की चिड़िया अब परकटे पक्षी सी फड़फड़ाती, भूख-गरीबी से तड़पती। फिर भी स्वर्ण जैसी संस्कृति उसकी अक्षुण्णता बनाए रखेगी, मैं सोचा करती।

ममा, मैंने दर्जनों खत डाले थे। शायद तुमने उनकी चिता जला डाली थी। कभी उत्तर नहीं पाया। यहाँ आकर मैंने कई संतों, ज्ञानियों के दर्शन किए।

मेरी बेटी हुई, मैंने तुम्हें सूचित किया था। बधाई के एक शब्द से भी वंचित रही। मासूमियत की मूर्ति बेटी को अनिकेत की माँ ने नाम दिया था— मासूम।

आज वह चौदह साल की हो गई है। मैंने उसके अंदर समृद्ध भारतीय संस्कृति का बीजारोपण किया। वह कभी कोंपल के रूप में विकसित हो, आज विशाल वृक्ष बन गई है। जानती हूँ, यह खबर तुम्हें देना बेमानी है। तुम्हारे साथ शायद अन्याय भी। माफ करना।

इस बीच एक भयानक हादसे ने अनिकेत के दोनों पाँव छीन लिये। कटे पैरों का दर्द उसकी आँखों में दिल का दर्द बन उभरता। हम लाचार थे। दुर्घटना हो चुकी थी। डॉक्टर पाँव काट चुके थे। अनिकेत पंगु हो चुका था।

ऐसे में जीने का सहारा मेरी हिम्मत और प्रयास था। टूटते जाते अनिकेत को भी जतन से रखना था।

वर्षों पुराने ख्वाब को दर्दीले अहसासों के बीच बाजार की माटी में रोप दिया, साकार कर दिया। मैंने एक रेस्तराँ खोल लिया। चिर-प्रतीक्षित तमन्ना पूरी हुई, लेकिन किस परिस्थिति में! बेटी को भारतीय परिवार की तरह अपने अंक से चिपका पालने में ही इतने दिन गुजर गए थे।

मैं मजबूरीवश ही सही, अपना शौक पूरा करने लगी। मेहनत रंग लाई। रेस्तराँ काफी आगे बढ़ा लिया मैंने। सुदूर स्थलों से मेरी कॉफी पीने लोग आने लगे। रात के दस-ग्यारह तक फुरसत नहीं मिलती।

फिर भी ग्यारह के बाद घर आकर फ्रेश होने के बाद, अनिकेत तथा मासूम के साथ कुछ पल बिताने के बाद एक घंटा भारतीय संस्कृति, ग्रंथों का अध्ययन करती।

बाकी संसार से पूरी तरह कट चुकी थी। पेपर, टी.वी. देखने तक का समय नहीं। कहीं बाहर घूमने जाना तो दिवास्वप्न।

मैं काफी खुशफहमियाँ पालती जा रही थी।

एक रात रेस्तराँ बंद कर बाहर निकल गाड़ी में बैठ रही थी कि एक फौजी ने रेस्तराँ खोल कॉफी पिलाने का अनुरोध किया।

शीत लहरी में ओवरकोट के बावजूद वह फौजी काँप रहा था। मैंने

रेस्तराँ का गेट खोल उसे अंदर आने दिया। असिस्टेंट मुन्ना को कॉफी बनाने के लिए बोल मैं उसकी ओर जब तक देखती, वह एक कुर्सी में धँस गया था। कोई और होता, मैं गेट खोलने से सख्ती के साथ इंकार कर देती। ठंड से काँपते देश के रक्षक को मैं कैसे इंकार थमाती। तुम तो जानती ही हो, मैं इन रक्षकों के लिए अंधभक्ति पाले हुए थी। धूप, हवा, बर्फबारी, ठंड, वर्षा में भी डटे रहनेवाले रक्षकों के प्रति मेरी श्रद्धा बरकरार थी। उनकी कर्मठता से अभिभूत थी मैं।

मैंने उसे खुद कॉफी सर्व की थी। साथ बैठकर खुद भी पी थी।

फिर तो रात्रि के दस बजे वह अक्सर अपनी बाइक खड़ी कर एक कप कॉफी या कड़क चाय पीता। मैं कुछ दिनों में ही उससे बहुत घुल-मिल गई।

वह राजन मेरे बारे में उत्सुकता जाहिर करता। मैं अपने बारे में सब बता चुकी थी। सारा जीवन वृत्तांत टुकड़ों में खोलते समय वह सहानुभूति एवं गर्व से देखा करता। उसकी आँखों में स्निग्ध तरलता छाई रहती। मैं उसकी सघन छाया को महसूसते हुए अंदर-ही-अंदर राखी के धागे की कल्पना करने लगी थी, जो धागा रानी पद्मावती ने भेजा था और रक्षार्थ दौड़ा चला आया था हुमायूँ।

मासूम को कभी-कभार रेस्तराँ ले जाती थी। वह उससे खूब स्नेह करता। फौजी वर्दी में सजे, सजीले लोग मासूम को भी अच्छे लगते थे।

बर्फीली हवा के थपेड़े बंद हो गए थे। चुपके से ग्रीष्म उतर आया। ओझल हो गए ग्रीष्म के बाद बादलों ने कदम रखा, पूरी धरती हरियाली से भर गई। मेरा मन भी।

सावन की फुहारों को झेलती मैं सावन पूर्णिमा का इंतजार बेसब्री से करने लगी।

रक्षाबंधन से दो दिन पहले ही मैंने मोहक सजीली राखी खरीद ली। मिठाई एक दिन पहले खरीदने का विचार था।

मैंने राजन को अब तक अपनी तैयारी के बारे में बताया नहीं था।

ममा, वह दिन भी आया। मेरी प्रतीक्षा समाप्त हुई। थाल को खूब सुंदर

ढंग से अपने हाथों से सजाया। मैंने तुम्हारे दिए हुए सहेजकर रखे गए गुलाबी गाउन को पहन लिया।

उस दिन उसे ग्यारह बजे दिन में आने के लिए बोला था। वह नहीं आया। दस बजे रात को भी नहीं आया।

मैं घबराई, राजन को कल ही क्यों नहीं बता दिया था। सरप्राइज देने की क्या सूझी। नहीं आएगा तो?

उस दिन असिस्टेंट छुट्टी पर था। मैं अकेली थी। जल्द रेस्तराँ बंद कर घर जाने का विचार किया था। लेकिन इंतजार में बैठी रह गई थी। जैसे ही जाने की सोची, राजन हाजिर। साढ़े दस बज रहे थे। वह आया, दरवाजे पर खड़ा हो मुसकराया। मैं अंदर से प्लेट उठाने चल दी। आम हिंदुस्तानियों की तरह मैंने पीतल का दीप, रोली, दही, अक्षत, राखी और मिठाई, थाल में सजा रखी थी।

लेकिन···

लेकिन मेरे हाथ से गिर गई थाल की कर्कश आवाज मैंने नहीं सुनी या देखी। मैंने देखा, नशे में धुत्त राजन मेरी बाँहें खींच रहा है। मैं कुछ समझूँ, उससे पूर्व ही मनमोहक राखी रोली, दही, दीप, अक्षत के साथ छिटक चुकी थी।

बोतल की तेज आवाज फिजा में तैर गई, जैसे ही मैंने उसे धक्का दिया। मेरी चीख भी घुली उसमें।

जानती हो रात की निःस्तब्धता में अचानक बादलों की गड़गड़ाहट। गरजते-बरसते बादल···वर्षा की तेज धार ने मेरी चीख को अपने में ही समेट लिया। मेरी चीख घुट गई···घोंट दी गई।

वह मेरी चीख नहीं थी। वह बेबसी की चीख नहीं थी···वह एक औरत की चीख भी नहीं थी। वह एक घायल, मर्माहत संस्कृति की चीख थी ममा।

किसी तरह उन्माद में घर पहुँच पाई। मैंने अनिकेत के सामने टेबल पर सिर दे मारा। आगे अनिकेत की सांत्वना थी।

किंकर्तव्यविमूढ़ आवाज, "इधर आओ।···मेरे पास···मत रोओ···आ···ओ।"

मैं उस तक गई। सारा किस्सा सुनाया। वह मेरी पीठ सहलाता रहा। गनीमत थी कि मासूम अपनी बुआ के घर गई थी। ऐसे ही उनींदी आँखों में सवेरा हो गया। मैं उठने को तैयार नहीं थी।

अनिकेत ने बार-बार कहा। उसने पास के रैक पर आकर्षक कोणों में सजा कर रखे गए अखबार को हाथ बढ़ाकर खींच लिया।

अनिकेत ने एक-एक कर प्रत्येक अखबार के उन पन्नों को आँखों के सामने बिखेर दिया, जिनमें स्त्री के अस्तित्व को कुचलने की खबरें छपी थीं।

पूरे कमरे में अखबार-ही-अखबार। मैं उनमें कुछ ढूँढ़ती, बिखराती रही। कहीं से झाँकता बासी समाचार···बारह वर्षीया बालिका के साथ अनैतिक व्यवहार। कहीं से ताजा खबर···तीन साल की बच्ची दरिंदगी की शिकार··· कहीं नवविवाहिता···कहीं पड़ोसन···कहीं छात्रा···कहीं भिखारन···पागल तक।

दोषी नाबालिग-बालिग सभी···कहीं पड़ोसी···कहीं बॉस···कहीं शिक्षक···कहीं सहकर्मी···कहीं मुल्ला, तो कहीं पंडित-संत।

कहीं ससुर, कहीं सगा पिता, कहीं सगा भाई···सामूहिक···एकल···कभी लालसा, तो कभी प्रतिशोध···कभी औकात दिखाने के लिए, तो कभी वर्चस्व दिखाने के लिए···।

मैं आहत थी। बहुत आहत! भारतीय संस्कृति औंधे मुँह गिरी मेरा मुँह चिढ़ा रही थी। उस दिन पापा बहुत याद आए। क्यों उन्होंने झूठ परोसा था? क्यों रात की कालिख को नहीं दिखला, मेरे आगे मात्र सुनहरे रंग को ही बिखेरा था उन्होंने?

क्या पापा भी अनभिज्ञ? या पहले जैसा नहीं रहा यह देश? कहाँ गायब हो गई इसकी संस्कृति? क्या यह भी दुनिया की लीक पर चल पड़ा?

बहुत सारे अनुत्तरित प्रश्न।

बाद में जाना, ये किस्सा सदियों का है। सदियों से विविध रूपों में चलता आ रहा है।

ऐसे में तुम मुझे बहुत याद आ रही हो ममा! क्या मैं कुछ दिनों के लिए तुम्हारे पास आ जाऊँ? अभी मैं यहाँ एकदम नहीं रह पाऊँगी।

लेकिन मैं लौटूँगी। जरूर लौटूँगी। खड़ी होऊँगी कई औरतों के साथ, कई औरतों के लिए।

तब तक···।

तुम्हारी

—पूर्वा

□

शिकागो जाता यह पत्र मुझे मिला तो मैंने अनुवाद कर डाला।

यह खत मेरे हाथ कैसे लगा, फिर कभी।

□

9

# लाल छप्पा साड़ी

उसने शकरकंद उबाला। खुद खाने से पहले बच्चों और जीतना को खिलाया। लेदरा बिछाकर सबको सोने के लिए कहा, अपने लिए सीझा शकरकंद निकालने लगी।

सब पटापट लेदरा पर टपकते गए। छोटका छउआ रोने लगा, तो उसे गोद में उठाकर बुझी हुई लुकाठी के पास ले आई। चूल्हा बुझ चुका था। लुकाठी में चिनगी बाकी थी। बुझाने के लिए थोड़ी देर पहले ही बुधनी ने लकड़ियों पर पानी छिड़का था। पानी छींटने के कारण लुकाठी से भाप निकल रही थी। वहीं बैठ बच्चे का हाथ-पाँव सेंकती रही। जब वह गरमा गया, उसे नींद आ गई। बच्चे को लेदरा पर डाल, दूसरा लेदरा ओढ़ाकर वह लुकाठी पर और पानी छींटने लगी। पानी से तर-ब-तर लुकाठी आखिरी चिनगी भी छोड़ बैठी।

सब छउआ को गौर से देख, जीतना के मुँह के पास हाथ घुमाकर परखने लगी, वह सोया है कि जगा। नशे में धुत्त वह धीरे-धीरे खर्राटे लेने लगा था। शाम से हँड़िया के नशे में गाली बकता रहा था। खुद गाली देता, फिर माफी माँगता हुआ जीतना बार-बार गिरते-पड़ते थक चुका था।

ताखे पर रखी ढिबरी में शीशी से तेल उड़ेल, झोंपड़ी के कोने से टॉर्च उठा ली। यह टॉर्च डॉ. निशा ने उसे दी थी।

टॉर्च की रोशनी से अँधेरे को परास्त करती वह मेड़ पर तेज गति से चल दी। खेतों के किनारों की मेड़ जैसे उसका इंतजार कर रही थी।

लाख अँधेरा रहे, मेड़ रात के निविड़ अंधकार में बुधनी के पदचापों की बाट जोहती ही है। बुधनी के बाएँ हाथ में हाथ से सिला हुआ कपड़े का थैला था। उस थैले में एक स्लेट, एक चॉक, हाथ से बना चिथड़े का डस्टर था। एक गीला रूमाल भी। वह सारा सरंजाम घर से ही करके चलती है।

खेतों में मकई अपने पूरे यौवन पर। दोनों ओर के खेतों में पहरेदार से खड़े मकई के पौधों और टॉर्च की रोशनी में मकई की झिलमिलाती पकी-अधपकी बालियों के सिवा कुछ नजर नहीं आ रहा था। वे बालियाँ सोने की तारों सी चमक जातीं।

अचानक खड़खड़ाहट हुई। वह चिहुँक उठी। "कहीं कोय जनावर या साँप तो नय है?" ठिठक गई पहले तो।

टॉर्च की मद्धिम रोशनी की जद में पौधों की कतारों के बीच से भागते हुए एक छोरा और छोरी को देखा।

"अरे, ई तो सोमानी है।"

जब सोमानी का झूला बहुत ज्यादा फट गया था, उसकी पीठ तक ढँक नहीं पाती थी, तो उसकी लाज ढँकने के लिए बुधनी ने अपना फटा झूला दिया था। उस पर पैबंद लगाकर सोमानी पहनती थी। वह अपना झूला और पैबंद को पहचान गई। मुँह नहीं देख पाई।

"इकर बाप को बोलना पड़ेगा कि सोमानी के बिहा कइर देवा। अब बइढ़ गेलक।"

मन-ही-मन सुनती-गुनती बुधनी आगे बढ़ती गई। सामने श्मशान पड़ता है। उसको पार कर ही डॉ. निशा के घर जा सकती है। श्मशान के पास टॉर्च को लगातार जला आगे बढ़ती गई कि मेड़ के बीचोंबीच सच में एक साँप सरसराया।

"हिस्स! हिस्स!!"

उसे डर नहीं लगता साँप से। किनारे से एक डंडी उठा उसे छेड़ने लगी। वह सरसराता हुआ भागा। उसे साँप से तभी से डर लगना बंद हो गया, जब से उसका मरद जीतना ने गोटे घर में घूमते हुए साँप को पकड़ लिया था, उसका

मुंडी बाएँ हाथ की उँगलियों से दबा, बाकी शरीर में दाँत गड़ा, कच-कच कर काटता चला गया था।

वह चिल्लाती रह गई थी, "हाय! हाय!! का कर रहा है…बीख चढ़ेगा। बीख चढ़ेगा। गोटे सँपवा के खा जाएगा का?"

वह रोने लगी थी, "हे माय गे! हाम का करें, ई तो बौराय गेलक।"

तब तक जीतना ने थू-थू कर कुछ टुकड़ों को मुँह से बाहर उगल दिया था, फिर बचे शरीर पर दाँत गड़ा दिया। साँप को कच-कच कर जगह-जगह से काटते जीतना के मुँह से टपकते खून ने काले-कलूटे जीतना को एकदम वीभत्स बना डाला था। बुधनी अपने मरद की हिम्मत देख खुश भी हो गई थी।

"ई देवी-देवता के किरपा है, उके कुच्छो नय होलक, बीख नय चढ़लक।"

वह हाथ उठाकर देवी-देवता को गोड़ लगने लगी थी।

अब साँप उसे लिजलिजा लगता है, डरावना नहीं।

वह निर्भय होकर डॉक्टर के घर पहुँच गई। बाहर ही बने दवाखाने के बंद दरवाजे को देखती, वह मुख्य द्वार को खटखटाने लगी।

"कौन है?"

"खोइल न दीदी, हाम ही बुधनी।"

दरवाजा खुलते के साथ इधर-उधर देख चुपके से अंदर हेल गई।

"हाम ऊ सबके खिलाय-पिलाय के सुताय देलि।…अब पढ़ाव।"

"जीतना जग गया तो?"

"ऊ?…ऊ अब जागी? निसा में पड़ल है। बिहाने जगेगा।"

"सुबह जागेगा? तू उसे बोलकर क्यों नहीं आती? दिन में आ जाया करो।"

"बाप रे! बार-बार आने से कहेगा, अइले-गइले गोड़ा हलूक, खइले-पीले कोरा हलूक!"

"मतलब?"

"जियादा किसी घर जाने आउर खाने-पीने से आदमी हलका हो जाता है। इज्जत कम।"

"बता दो, तुम क्यों आती हो। तब नहीं कहेगा ना।"

"नय दीदी, ऊ जानी तो हमके काइट के रइख देगा।"

"उसे बता दो, तुम मुझसे पढ़ने आती हो। उसे भी पढ़ने को बोलो।"

"ऊ दूसर ढंग का है। ऊ नय मानी। नय तो हम सरकारी स्कूल में नय जाते।"

"आज भी तुम्हारा जीतना ना···।"

केवल बुधनी ही क्यों, गाँव के अन्य अनपढ़ों को भी साक्षर होने की जरूरत है।

"तभी तो चिट्ठी-पत्री पढ़ेंगे, जरूरी कागजात समझ पाएँगे। दबंगों के हाथों से खेती बारी बचा पाएँगे।" निशा ने कितना समझाना चाहा।

बहुत सारे ग्रामीण अधिकारियों की बातों को समझकर अपने बच्चों को स्कूल भेजने लगे। नदी पर लगे लट्ठ के सहारे भी कुछ बच्चे स्कूल जाते हैं। प्रौढ़ शिक्षा केंद्रों में भी उपस्थिति अच्छी है।

लेकिन जीतना जैसे लोगों की कमी नहीं है। बुधनी ने शुरू में प्रौढ़ शिक्षा केंद्र जाने की कोशिश की थी, जिद में। पीठ पर नीले दाग उभर आए थे। कान की एक लव फट गई थी।

जीतना के अनुसार पढ़-लिखकर वह बिगड़ जाएगी। फिर बुधनी ने निशा से मुलाकात होने के बाद, निशा के समझाने के बाद यह नया रास्ता अपनाया था।

बुधनी मेज पर बैग रख, कुर्सी पर बैठ गई। स्लेट निकाल चॉक से—ब से बुधनी, क से कमल, ख से खीरा, ज से जीतना, र से रखिया लिखने लगी। डेढ़ महीने से छिप-छिपाकर आती बुधनी को आगे बताने के लिए डॉ. निशा बगल की कुर्सी पर बैठ गई। बहुत शौक और मनोयोग से सीखती है वह।

दरअसल उसके सपनों में पंख लगे हैं। वह उन्हीं के सहारे उड़ती फिरती है। वह चाहती है, भले जीतना लिख लोढ़ा, पढ़ पत्थर रहना चाहे, वह कम-से-कम चिट्ठी पढ़ने-लिखने लायक जरूर बनेगी। उसके पंख लगे सपनों को ज्यादा कुछ नहीं चाहिए। वह आदमी बनना चाहती है, बस थोड़ा सा आदमी।

"कम-से-कम सहर जाइके ठीक लखे बाइत करब। आदमी बनेंगे,

जिससे कोई हमके जंगली नय कहे। रकिया के बाप खेइत में खट के खुस रहेना, पर हमको सहर जाना हय।"

कई बेर बुधनी निशा को कह चुकी है कि हमको महुआ बीछ के उसको सहर जाकर बेचना पड़ता है। लकड़ी का बोझा ढोकर सहर की गली-गली घूमना पड़ता है, तो थोड़ा आदमी बनना चाहिए न।

निशा का प्रयास रंग लाया था। निशा ने ही एक बार फोड़े का इलाज कराने आई बुधनी को समझाया था। छह-सात दिन के बाद से वह आने लगी रात में। सात से पहले ही तो उसके घर में सब सो जाते हैं।

पढ़ाई खत्म होते ही वह बैग में सब समेट, चलने लगी तो डॉ. निशा ने पूछा, "अब गाँव की और लेडी जाती हैं रात्रि पाठशाला में कि अभी भी वहाँ सियार बोलता है? मि. शर्मा और सिंह जी ने कम कोशिश की है। पढ़ने-लिखने से कोई खराब होता है क्या? तुम भी समझाओ सभी को।"

"बहुत लोग जाता है दीदी। सब जीतना जइसन थोड़े न हैं। अब मोय जात हों दीदी।"

"हाँ, जाओ। कल दिन में आ सकती है?"

"नय! दिन में नय दीदी। जीतना जानेगा, तो रात का मार दिने में पड़ जाएगा और हम सहर से चार बजे लौटते हैं।"

"अरे! तुम इतना काम करती हो, उसे भी कमाकर खिलाती हो, फिर भी वह तुम्हें मारता है! हद है।"

बुधनी शरमा गई।

"नय दीदी, ऊ बाइत नय है। बस, जरा मता जाएला तो मार···।"

वह धीरे से दरवाजा खोल बाहर हो गई। श्मशान पार करते ही उसे सोमानी की याद आ गई।

"उके समझाई पड़ि। आखिर हमारे बगल की है। खराब हो गई तो।"

उसने घर पहुँचकर झोला खूँटे से टाँगा। पास के काँटी से एक मध्यम आकार की शीशी लटक रही थी। उसमें कड़वा तेल (सरसों तेल) की चंद बूँदें थीं। झोले के स्लेट से टकराते ही शीशी चीख उठी। दोनों हाथों से उसे दबा आवाज रोकने की कोशिश करने लगी। थोड़ी देर में लेदरा पर लुढ़क

कब गहरी नींद में डूब गई, उसे भी पता नहीं चला। नींद में भी पढ़ना-लिखना सीखती रही—ज से जंगल, जमीन, ल से लकड़ी, प से पेन···।

सवेरे की किरण बाद में फूटी, वह पहले जाग गई। उठते ही दिशा-मैदान को। लौटते हुए सोमानी से टकरा गई। वह अपनी बारी से कोंहड़ा का फूल तोड़ रही थी।

"का गे सोमानी, तोंय का करती है?"

"का?"

"कल राइत तेरे संग कौन था?"

"कोय तो नय रहे।" वह अकबका गई।

"चोप्प! हम अपने आँख से देखे। अब बाइच जा ई धंधा मन से। नय तो तोर बाप के बोलना पड़ेगा। पहले भी हम देखे हैं।"

सोमानी उसे झुठलाती रही, बुधनी कैसे मान ले?

"हामर बाइत के याद रखबे, नय तो माय-बाबा को बोल देंगे।"

सोमानी के भीतर नाग ने फन काढ़ा, ऊपर से गऊ जइसन सीधी बनी रही।

"बेस, भूल हो गया, अब नय होगा।"

मन में जलती-भुनती रही—हम भी तो कहेंगे, तोंय रोज-रोज कहाँ जाती है। मरद आउर छउवा मन के सुला के मसना (श्मशान) जाती है। डायन कहीं की।

सोमानी के अंदर का विष बाहर आना ही चाहता था। बड़ी मुश्किल से रोका। अभी समय नहीं आया था। नाग फन काढ़े रहा।

एक छोटी सी चट्टान पर दोनों के झोपड़े बने थे। घास-फूस, मिट्टी से बने झोपड़े। उसके नीचे बारी। दोनों अपने-अपने झोपड़े में घुस गईं। टोकरी के नीचे मुरगा-मुरगी और चेंगना चिंचिया रहे थे। बुधनी ने जैसे ही टोकरी उठाई, सब फड़फड़ाकर भागे। पीछे सूअर एक खूँटे से बँधा था, उसे भी खोला। तब बच्चों को उठाने लगी।

जीतना उठकर बाहर जा चुका था। थोड़ी देर में वह आता दिखा। दो बैल भी साथ में थे। दोनों बैलों को एक ही रस्सी से बाँधा गया था। बीच-बीच

में बैल ठिठक जा रहे थे। उनके गले में बँधी घंटी की रुनझुन बहुत भली लग रही थी। उसके पास आते ही झोपड़े के टिन के दरवाजे को पकड़कर खड़ी बुधनी आगे बढ़ आई।

"आइज जाना है?"

"हाँ! मालिक बोले हैं। गाँव से बाहर जाना है, हाट में।"

"हामर वास्ते साड़ी लाइन देबे ना···लाल छप्पा साड़ी।"

बुधनी अंदर गई। मालकिन की दी हुई पुरानी गुलाबी संदूकची को खोला। रंग उड़ी उस छींटदार संदूकची के भीतर उसका अपना लॉकर था, सीप और मोती से बनी कलात्मक थैली। उसमें रखे पैसे उसने गिने और लेकर बाहर आ गई।

"ई रेजगारी, रुपया पकड़। हाम लकड़ी बेच के इत्ता जमा किए। लाल छप्पा साड़ी पिंधने का बहुत मन है। लाइन देबे।"

जीतना ने बताया कि वह खा चुका है। मालकिन ने बासी भात और भिंडी का तियन दिया था। बैलों को हाँकता वह अपने झोपड़े के पीछे की पतली पगडंडी से शहर की छाती रौंदने के लिए निकल पड़ा। चलते-चलते उसके होंठों पर शहर के भोंपू पर सुना गीत लरज उठा, "कहाँ से मय लाऊँगा छप्पा साड़ी···"

बुधनी पीछे से चिल्लाई, "पियर नय, लाल छप्पा साड़ी लाइनबे।"

हँसते हुए जीतना ने हाथ उठा दिया, "बेस, उहे लानबउ।"

निरंतर आवाजाही से जमीन पर जब दूब या पौधे नहीं उगते, स्वाभाविक रूप से वहाँ एक पगडंडी उग आती है। यहाँ भी उगी उस पतली पगडंडी का संबंध आगे जाकर चौड़ी सड़क से जुड़ जाता है। फिर कोलतार की पक्की सड़क से।

बुधनी ने दोपहर को सरौंची साग और भात बनाकर खुद खाया, बच्चों को भी खिलाया। शाम के लिए थोड़ा सा साग, भात और आलू का भर्ता बना जीतना के लिए भी रख दिया। छोटका छउआ को छोड़, बाकी तीनों छउआ स्कूल से दोपहर को आ गए थे।

आज दिन में चार घंटे तक वह भंडार पर मालकिन के साथ थी। चावल

फटकने के लिए उसे, चरकी, हीरवा को बुलाया था मालकिन ने। छह बोरा चावल फटककर उठी थी, तो गोटे हाथ-पैर, सिर, लुग्गा (कपड़े) भूसे से उजले हो गए थे। सब भूतनी लग रही थीं। मालकिन ने चावल से अलग रखी गई तीन-तीन सेर खुदी और दो-दो सेर चावल तीनों को दिया था। लौटते समय सरौंची साग खोंटते घर आ गई थी।

थोड़ी सी देर में सबके झोपड़े से भात के उबलने से उठी हलकी तथा टटके साग की सोंधी गंध आने लगी थी।

रात हो गई, जीतना नहीं लौटा। तारों को देखने से लग गया, दस बज गए। आज डॉ. निशा के पास भी नहीं गई। बस, जीतना का इंतजार करते हुए द्वार पर बैठी रही।

शाम को टोकरी के नीचे छिपा दिए गए मुरगे-मुरगी, चेंगना कुट-कुट किए जा रहे थे। दुरा पर बैठे-बैठे थक गई, तो अंदर जाकर बुझे चूल्हे पर कागज पर खैनी रख सूखने के लिए डालने लगी। वह आते के साथ माँगेगा। तब तक बाहर से कइरा की आवाज सुनाई पड़ी—"बुधनी! अगे बुधनी!"

बाहर हड़बड़ाकर निकली—"का है?"

"आइज तोर मरद सहर गया था?"

"हाँ, गया था भिनसरे।"

"उ…उ…" और आगे उसने जो बताया, उससे बुधनी के नीचे से भुइंया (पृथ्वी) खिसक गया। चट्टान पर ही माथा पकड़ बैठ गई।

जीतना बैलों को बेचकर लौट रहा था शाम को ही। दामोदर नदी को पार करते वक्त बह गया। परसों तेज बारिश हुई थी, बिन मौसम बरसात। उसी कारण नदी सुरसा सम मुँह फाड़ सबको खा जाने के लिए बेताब हो गई थी, यह तो वह परसों शाम को ही देख आई थी।

गाँव से बहकर जानेवाली दामोदर नदी यूँ तो बरसात के सिवा कभी नहीं उफनती, परंतु कभी-कभार बेमौसमी बरसात ज्यादा हो जाने पर चारों ओर के पानी का दबाव झेलती अनदिना भी तेज धार में बदल जाती। कई जगह से नाला, परनाला, छोटी-छाटी नदियों से बहकर आता जल दामोदर नदी को विकराल

बना देता। यह गाँव और आस-पास के कुछ गाँव उसका खामियाजा भुगतते।

पठारी इलाका होने के कारण गाँवों को तो डुबो नहीं पाती, लेकिन नदी पार कर शहर जाते लोगों की कई बार बलि ले लेती। इस बेर जीतना से शुरुआत··।

"नय! ई नय होगा। बता, सचे उ बोहाय गेलक?"

"हाँ! सचे।"

धाड़ें मारकर रोती, छाती कूटती बुधनी को एक बार अपनी छप्पा साड़ी की भी याद आई। सारी पूँजी उसने लगा दी थी। भर साल खूब मेहनत कर पैसे जमा किए थे। बर्दाश्त नहीं हुआ, तो पूछ बैठी, "लाल छप्पा साड़ी कीन रहउ?"

"छप्पा साड़ी कीना कि नय, हम नय बता पाएँगे। हम साथ नय गए थे।"

बुधनी का रुदन सुन इथर-उधर की बिखरी चट्टानों पर सुगबुगाहट जाग चुकी थी। सब अपने झोपड़ों से बाहर आ वहाँ जुट गए। गनौरी तो हँड़िया पीते हुए ही दौड़ पड़ा था। पते के तिकोने कोने बना हँड़िया का आखिरी घूँट मुँह में ढालता आया था। मुँह के कोनों से हँड़िया बहने लगा था।

"का होलय गे? काहे कांद रही है?"

झूमते हुए फिर पूछा, "बोलो ना। इतना कांदने (रोने) से का होगा।"

वह और रोने लगी, मुँह में अँचरा दबाकर। रमुआ खैनी ठोंकता आ पहुँचा, "का गे फिन लड़ले?"

दाएँ हाथ से खैनी को दाढ़ के नीचे दबाया, बाकी को हवा में उड़ा दिया। बात समझते ही बोला, "कइसे हुआ?"

"हाम कइसे जानेंगे गे माय।··हमर कपार पर कुकुर मूत दिया।··उकर बिना कइसे रहेंगे।"

मालिक आते दिखे। सभी बच्चे बुधनी से चिपटे थे, जब मालिक पास आ गए। थोड़ी देर में सबों के साथ मालिक नदी की ओर चले। वह विलाप करती हुई चल रही थी।

एक-दो जन अँधेरे में ही लाश को ढूँढ़ रहे थे। मालिक ने पहले ही दो तैराक नदी पर भेज दिए थे। रमुआ ने केवल लँगोट कसा और कूद गया। लाश

नहीं मिली। तीन घंटे का परिश्रम व्यर्थ।

"ई अँधार में नय मिलेगा उसका लहास। बिहान को खोजना होगा।"

मालिक ने हामी भरी, जब सोमानी की माय ने कहा। सब तैराक हारकर बाहर आ चुके थे। लोग लौट पड़े।

"राइत बीतने पर आते हैं।"

कुछ बगलगीर और बुधनी वहीं डटी रही। नदी का वह किनारा साँय-साँय करती हवाओं के हवाले था। वातावरण में दामोदर नदी की शांत पड़ चुकी धारा की तरह शांति। एक सन्नाटा भी पसरा था। मालिक लाख समझाकर लौट गए, बुधनी और उसके साथ के लोग शीत लहरी में भी जमे रहे।

दूसरे दिन भी लहास नहीं मिली। न जाने कहाँ गुम हो गई थी। सब दामोदर के किनारे बैठे-बैठे ऊब गए। बुधनी को दोनों तरफ से सँभालते हुए वे उसके झोपड़े तक लेते आए। सूअर सब अब तक बाड़े में बंद रहने के कारण अकबका रहे थे। मुरगे के टोकरे के भीतर भी हलचल थी। कइरी ने सबको कैद से मुक्त कर दिया। झोपड़े के बाहर से बुधनी की रुलाई झोपड़े को अंदर तक सिहरा गई। मनोरम स्थल पर स्थित यह झोंपड़ा भी जैसे गमगीन हो गया।

क्रियाकर्म खत्म होने पर वह फिर से अकेली पड़ गई। 'दूनो जन कुच्छो मिलकर कमा लेते थे, तो काम चल जाता था। अब का करेगी बुधनी अकेले?' सबके मन को मथ रहा था यह सवाल। वह ज्यादा नहीं खटता था··· मनमौजी, लेकिन बुधनी के जंगल या सहर जाने पर छउआ मन को देखता तो था।

फिर बुधनी हिम्मत कर खड़ी हुई। कितने दिन से डॉ. निशा के पास नहीं गई थी। जाना शुरू कर दिया। रात के सात-आठ बज जाते। सुबह लकड़ी लाने जंगल जाती। वहाँ नीचे गिरी लकड़ियों-चैली को चुनती या निचली पतली डालों को तोड़ती। आठ बजे तक सिर पर गट्ठर लेकर पगडंडी धर शहर जाती, शाम को ही लौट पाती।

बीच रास्ते में नदी पार करते हुए ठिठक जाती। जीतना की याद दिल में कसक बनकर उतरती और आँखों से लोर टपकने लगते।

शहर से लौटते हुए साथ में आता खर्ची का सामान···थोड़ा चावल, थोड़ा

कड़ुआ तेल, नून थोड़ा, कभी-कभार आटा। गोलगोलवा या गंधारी का साग गाँव के खेत से ही तोड़ लेती। अपनी छोटी सी बारी से कुछ सब्जियाँ मिल जातीं।

नमक-मिर्च के साथ साग बना मन से खाने बैठती, खा नहीं पाती। कभी आलू का भर्ता बनाने की हिम्मत नहीं जुटा पाई।

एक बार बड़का छउआ के कहने पर बनाया। आँखों से झर-झर आँसू, "केत्ता बेस लगता था, उसको ई भरता।"

"गाँव में शहर की बोली-बानी, कपड़ा-लत्ता, बात-ब्योहार घुस गया। बिजली आ गई। कुछ बात को अब भी कहाँ अपना पा रहा है लोग।" वह कभी-कभार कहती।

शहर की संस्कृति पाँव-पाँव चलती हुई, घर लौटनेवालों के साथ यहाँ आ रही थी। दो बातें अब भी चिंतनीय।

पहला, अंधविश्वास का नकार नहीं। दूसरा, पढ़ाई के प्रति आग्रह नहीं। पकड़-धकड़कर अधिकारीगण एवं एक्टिविस्ट लोगों ने विद्यालय की लत लगा दी तो कुछ परिवर्तन हुआ। प्रौढ़ लोग भाग रहे थे। बच्चों का विद्याप्रेम मिड डे मील के रास्ते परवान चढ़ा।

अंधविश्वास की भेंट उसे चढ़ना पड़ेगा, बुधनी कहाँ सोच पाई थी। बुधनी जो इसके बगल के गाँव की बेटी थी, यहाँ की बहू बन यह दिन देखेगी, उसने सपने में भी नहीं सोचा था। विवाह के बाद बुधनी के विदा होने के कुछ सालों बाद उसके माई-बाबा, एक भाई गुजर गए। दूसरा जंगल में ही हेरा गया। बहुत खोजने पर उसका अधखाया शरीर बीच जंगल में मिला था।

बाबा को खेत में साँप ने काट खाया था, माँ दातुन बेचकर लौटते वक्त जीप से दब गई थी। मँझला भाई पीठ के बेतरा में बँधा था। वह भी बेतरा में ही पिचक गया और अब जीतना···। वह सोच-सोचकर हलकान रहती।

"न नइहर का आसरा है, न ससुरार में कोय। कहाँ जाएँगे!"

सब कहते हैं, "डायन-बिसाही का करामात है। डायन विदिया सीखकर कोई बुधनी के नइहर के सारे बेकत को खा गया है।"

वह घबरा जाती। सबसे अधिक डर उसे तब लगता, जब लोग कहते, "बचल बेकत को भी खा जाएगा।"

"अब केकर बारी है? हे देवा, एइसन नय करबे। हामर छउआ-पुता के बेस रखना।"

पहली बार सरहुल पर्व पर आई बुधनी को बाबा ने अपने कच्चे घर के बगल का खेत दे दिया था। पृथ्वी और आकाश के विवाह पर मनाए जानेवाले पर्व पर जमीन पाकर जीतना बहुत खुश हुआ था। अभी वह खेत यूँ ही पड़ा था।

बरसात होने लगी। बुधनी सर्दी-बुखार से परेशान हो गई। खर्ची में लाया सामान खत्म हो गया था। निशा भी यहाँ नहीं थी। बच्चों को खिलाने के लिए आज कुछ नहीं था। सोमानी के घर से कुछ लाकर बच्चों को खिला सकती थी, लेकिन सोमानी उससे खार खाए बैठी थी। दो-चार बार बुधनी ने और धमकाया जो था। क्या करे बुधनी, सोमानी मानती ही नहीं। मक्के के खेत में या कहीं और अक्सर रात को मिल जाती है। अभी तक उसकी माई तक शिकायत लेकर नहीं गई। कल भी मिली थी। वहीं डाँटने लगी बुधनी, तो मुँह बिराकर चल दी थी।

उसने मकई की दो-चार बालियाँ तोड़ लाने की सोची। खेत के पास पहुँची। खेत में हेलना चाहती थी कि डर गई।

"नय बाबा! पूजा से पहले मकई तोड़ के खा ले भूत पकड़ेगा। पहले भूत कर पूजा होगा, तब हमीन सब खाएँगे।"

वह समझ नहीं पाई, क्या करे। उधर छउआ सब भूखे, इधर बुधनी के अंदर आंदोलन चल रहा था। नया फर भूत को चढ़ाया जाएगा पहले। वह वहीं मेड़ पर बैठ गई। मक्के की बालियाँ उसके टॉर्च के प्रकाश में झूमती रही, जैसे गाने की लय में कुछ लोग झूम रहे हों···धीमे-धीमे···मस्ती से।

एकाएक दूर से एक साथ कई जुगनुओं के उड़ते चले आने का आभास हुआ। जुगनुओं का झुंड इधर ही आ रहा था। कुछ ही देर में वह झुंड टॉर्च और लालटेन की रोशनी में बदल गया। लोगों के चिल्लाने की आवाजें पास आ गईं, तब वह चौंकी। जब तक कुछ समझ सके, तब तक वह घिर चुकी थी। उसके अपने ही गाँव-घर के लोग उसे घेरकर चिल्ला रहे थे, "डायन!··· तोंय मसना साधेना?"

"डायन···! डायन···!! डायन··· !!!"

हर तरफ यह शब्द गूँज रहा था। भीड़ बढ़ती जा रही थी। श्मशान के पास बैठी बुधनी चीख उठी, "नय! हम डायन नय हैं।"

किसी ने नहीं सुनी उसकी चीख।

"ई रोज मसना आती है, डायन विदिया सीखने के लिए।"

सोमानी भीड़ को चीरती सामने खड़ी थी।

"नय! नय!! झूठ!!! हम डायन विदिया नय···।"

वह आगे बोलती कि सोमानी फिर टपक पड़ी, "इके रोज मसना आते हम खुद देखे हैं। पूछ, का करती है ई मसना में।"

"हम मसना नय जाते हैं···हम तो हुआँ···हुआँ···।"

सोमानी अपने मार्ग के काँटे को हटाने की ठान चुकी थी।

"हाम देखा, ई बिल्ली बन जाती है। करिया बिल्ली। आउर ऊ दिन साँप बन के एही चाइब रहे आपन बाबा के।"

बुधनी चिल्लाना चाहती है कि हम श्मशान नहीं साधते हैं, बिल्ली नहीं बनते हैं, अपने बाबा को नहीं खाए हैं। मुँह से बकार नहीं फूटता।

सब सोमानी की बात से राजी होते दिखते हैं।

"बोइल बुधनी, तुम ही खाई आपन मरद को? आपन माय-बाप, भाय को?"

अब तो आरोपों की बौछार होने लगी। किसी को महुआ बीनते बखत वह सियार के रूप में मिली थी, तो किसी को साँप के रूप में। किसी का छउआ उसके नजर लगाने से मरा था, तो किसी की बच्ची उसी की नजर से बीमार। ओझा-गुणी ने किसी को बताया, तो किसी को बूढ़े-बुजुर्ग ने।

"बुधनी, तोंय राँड़ी (विधवा) होय गेले, तुम्हारा नजर अब और खराब हो गया है।"

वह चीखती रह गई, "नय! नय! नय!"

किसी के कान पर जूँ न रेंगी। दूसरे दिन गाँव के बीचोबीच पंचायत बैठी, नीम के पेड़ तले, चबूतरे पर। सर्वसम्मति से उसे डायन करार दे दिया गया।

सजा की घोषणा होते ही लात-घूँसों की वर्षा होने लगी। हाड़-तोड़ मार से दुहरी हो गई वह···फिर अधमरी।

"लाओ रे, मैला लाओ। इसको खिलाओ।"

डायन विदिया भगाने के लिए उस अधमरी डायन को उसका ही पाखाना टीन के गंदे डब्बे में घोल, जबरन पिलाया गया। घृणा सबके चेहरे से टपक रही थी।

"हुँह ! आपन बाप के खा गई। माय, मरद को भकोस गई···मारा, आउर मारा इके।"

"विदिया सीखेवाला अपना एक आदमी का बलि देता है। बुधनी अपने गोटे कुटुम का बलि दे दी।"

जितने मुँह, उतनी बातें! गनौरी ने खैनी को पिच्च से थूका। साथ ही जीतना की वर्षों की दोस्ती थूक दी हो जैसे। 'वह नदी में नहीं बहता, ऐसा होता ?' बदहोश होते-होते बुधनी ने सोचा।

पंचायत ने उसे जात से बाहर कर दिया। गाँव छोड़ने का फैसला सुनाया था। होश आने पर वह अपने बच्चों के साथ गिरती-पड़ती भाग चली। फैसला नहीं मानने पर उसकी जो गत होती, उससे वह बेतरह डर गई थी।

पथरीली जमीन पर दौड़ती बुधनी इतनी दूर निकल जाना चाहती थी कि उसके बारे में किसी को भनक तक न लगे। राँड़ी (विधवा) बुधनी के डायन होने की कथा जहाँ भी पहुँचती, उसका और बच्चों का जीना दूभर कर देती।

दौड़ते-दौड़ते पस्त होकर गिरने ही वाली थी कि सामने एक कच्चा, मिट्टी का मकान नजर आया। चारों ओर बड़े से बागीचे से घिरे मकान की छत पर लौकी की बेल लहरा रही थी। दो-चार लौकी भी नजर आई। बाहर खूँटे से बँधी गाय रँभा रही थी।

वह वहाँ पहुँच पुकार उठी। दरवाजे पर कोई नहीं था। अंदर झाँककर देखा। एक लड़का डुभा में माँड़-भात खा रहा था···सुपुड़-सुपुड़ ! बुधनी के बड़े बेटे की गोद में था छोटका छउआ। वह हाथ उठाकर इशारा करने लगा। सबके मुँह से लार टपक पड़ी।

अभी उस लड़के का ध्यान इधर गया ही था। मकान के पीछे से गीले

बालों का खोपा बनाती एक सद्य:स्नाता जनी आती दिखी। एक हाथ में भीगी साड़ी थी। खोपे तथा साड़ी से पानी टपक रहा था···टप!··· टप!!··· टप···!!

पास आने पर उसने उनका हुलिया देखा और सबको भीतर बुलाकर बिठाया। थोड़ी देर बाद बातें उनके बीच पसर गईं। बुधनी अपने बारे में क्या बताती। बताने को था क्या?

लेकिन ऊ जनी के बारे में जान गई। वह दो महीना पहले ही ब्याही गई थी।

उसने कहा अचानक, "देख बहिन, हम कल अपने गाँव जाएँगे। हामर मरद भी आइजे अपने गाँव गया है। हुआँ उसका घर-दुरा, बकरी-सूअर सभे हैं। हुआँ उकर एक आउर जनी है।"

"तुम्हारा घर कहाँ हय रे?"

उसने जो जगह बताई, उससे बुधनी चौंक गई।

"केकर संग बिहाले?"

"उकर नाम जीतना है।"

भात खाकर उठ चुके किशोर ने कहा। वह उसका भाई था। पहले ही बुधनी को परिचय मिल चुका था।

"दो महीना भेलक जीतना से इकर बिहा होले। अब ई जाके आपन घर-दुरा सँभालेगी।"

घबराकर बुधनी बाहर निकल आई। बाहर के खूँटे से जो गीली, लाल छींटदार साड़ी सूखने के लिए बाँधी गई थी, अब सूखकर हवा में लहरा रही थी।

□

# 10

# रस

"डाडी माँ, तुम्हारी हथेली कितनी हॉट है। मैं उस पर सर रखकर सो जाऊँ?"

उज्ज्वल के इतना कहते ही पार्वती गद्गद! उस अनजाने शहर के उस बड़े से कमरे में एकाएक बहुत ही सुकून का अहसास होने लगा।

"हाँ! बेटे, सो जा।"

कितने दिनों से किसी बच्चे को थपकी देने के लिए मेरी हथेलियाँ तरस गईं। पार्वती ने सोचा।

अपनी दोनों हथेलियों के बीच उज्ज्वल के ललहुन, कोमल कपोलों को खरगोश के बच्चे सा छिपा लिया। उनके चेहरे से एक स्निग्ध तरलता टपक रही थी। पूरा वातावरण गवाही दे रहा था।

जैसे ही रामप्रसाद कमरे में आए, उन्हें बहुत संतोष का अनुभव हुआ। बहुत दिनों बाद उन्होंने पत्नी की आँखों, चेहरे के भाव, यहाँ तक कि शरीर की भाषा में भी बहती हुई तरलता देखी थी। विभोर हो कहा, "पार्वती, तुम तो यहाँ फिर से बीस-पच्चीस की हो गई। लोहित का बचपन याद आ रहा है ना?"

"हाँ जी! लग रहा है, हथेलियों के बीच लोहित सो रहा है।"

वह बिना हिले-डुले बोली।

"अब मेरे मन को शांति मिली। उतना बड़ा लोहित अब ऐसे सोएगा?"

"अफसोस कर रही है?"

"नहीं! अफसोस कैसा। आप जानते हैं न, मूल से ज्यादा सूद प्यारा होता है।"

पार्वती उज्ज्वल को धीमे-धीमे थपकी देती रही।

लोहित के विदेश जाने, फिर वापस आकर अलग शहर में बसने के कारण आँखों में जो सूनापन छा गया था, वह हटता सा लगा। पार्वती अब उन्हें बीच मँझदार में छोड़कर नहीं जाएगी। उसके जीने के लिए यह बहाना काफी है, कुछ दिनों से वह यही सोच रही थी।

□

रामप्रसाद पार्वती की तड़पन को देख-देख बहुत घबरा गए थे। तुलसी के पौधे को नित्य सींचते हुए, संध्या दिखलाते हुए वह मन-ही-मन प्रार्थना में डूबी रहती। उत्साहहीन चेहरे में कभी चमक नहीं आ पाती। इन दस सालों में उसकी छोटी सी मुसकान के लिए वे तरस गए थे।

परसों लोहित की चिर-प्रतीक्षित चिट्ठी लेकर डाकिया आया था। वह डाकिए को देख अंदर की ओर मुड़ गई थी। वैसे डाकिए के आने के टाइम पर उसे बाहर का ही काम रहता था।

परसों भी बाहर का दालान झाड़ रही थी। रामप्रसाद ने ही पत्र लिया था।

"लो, आ गई, बेटे की चिट्ठी। बुलाहट। मैं कहता था न, लोहित हमें भूल नहीं सकता।"

उनका खिला-खिला व्यवहार भी पार्वती को हर्षित न कर सका। वह चौंकी, फिर आम के बिखरे पत्तों को पूर्ववत् झाड़ू से हटाते हुए पूछा, "लोहित की चिट्ठी?"

वे आँगन में आम के पेड़ के नीचे बिछी खाट पर बैठते हुए बोले, "हम दोनों को बुलाया है। लिखा है, आप दोनों के बिना घर एकदम सूना है। आपका पोता भी आपको याद करता है। उसे देखने नहीं आइएगा? और लिखा है…।"

"…आने के लिए लिखा उसने। अब सुध आई?"

वह रोष में डूबी झाड़ू चलाती रही। कान तो उनकी ओर ही थे। फिर अचानक कह उठी, "हमारा पोता…हमारा पोता! वह हमें याद करता होगा? कितना लंबा हो गया होगा न? सुनते हैं, बहू गोरी है, वह भी गोरा…।"

"...हाँ, होगा क्यों नहीं? उसकी दादी जो इतनी गोरी है।"

वे इतना कह उसकी चमकती आँखों में झाँकने लगे। वह झाड़ू फेंककर उनकी बात सुन रही थी। फिर से उठा झट सूखे पत्तों को बुहारती कहने लगी, "मैं कौन होती हूँ, जो मेरा रंग-रूप लेगा?"

चेहरा निष्प्रभ! पतझड़ के दिन! उसके चेहरे पर भी पतझड़ छा गया।

कभी बेटे लोहित के द्वारा उसके जन्मदिन पर लगाया गया बिरवा आज विशाल वृक्ष बन आधे आँगन को घेरे हुए था। मिट्टी के बाउंड्री वॉल पर पेड़ झुक आया था। अपनी डालियों को जबरन घर के अंदर घुसेड़ रखा था। उसकी एक भी डाल वह काटने नहीं देती।

दिन भर में तीन बार पतझड़ी पत्तों को बुहारती, बेटे की याद सँजोती। घंटों बीत जाते, उसका मन उसकी छाया से हटने नहीं देता। दोनों अक्सर वहीं बीत गए दिनों को मोती-सा चुगते रहते।

मानस पुत्र था वह विशाल आम्र वृक्ष। उसे लगाया भी तो था लोहित ने। उसका दसवाँ जन्मदिन था।

बहुत शौक से कलमी आम का एक नन्हा पौधा लेकर रामप्रसाद आए थे। आनन-फानन में आँगन के बीचोंबीच गड्ढा खोदकर, उसमें गोबर की खाद डाल मिट्टी को इकसार किया था पिता-पुत्र ने। एक किनारे खड़ी पार्वती भी हँसे जा रही थी।

जैसे वे हटे, पार्वती ने लोहित के पास आ पौधा लगवाया था और मिट्टी गड्ढे में भर दी थी। काँसे के लोटे में रखे पानी को लोहित से ही हौले-हौले डलवाया था।

उसने उस बार लोहित को रेडिमेड धोती-कुरता पहनाकर, सिर पर पगड़ी बाँध, मोर मुकुट लगा, माथे पर तिलक कर कृष्ण की तरह सजाया था। वह उसके रूप पर वारी-वारी जा रही थी। उसी आम के पौधे के चारों ओर देर तक लोहित मगन हो नाचता रहा था।

बाद में उसी जगह पर कॉपी-किताब लेकर बैठ जाता। पेड़ और लोहित साथ-साथ बढ़ रहे थे। दोनों पति-पत्नी के दिल में एक साध पल रही थी। बेटे को डॉक्टर बनाना और यहीं के नए बने अस्पताल में पदस्थापित करना।

रामप्रसाद शिक्षक थे। गाँव के स्कूल में ही अपनी सेवाएँ दे रहे थे। दो वर्ष पहले ही पंचायत के चुनाव में जीते थे। मन में था, बहुत काम कर लिया, अब गाँव की सेवा करनी चाहिए। अब तो शिक्षकों की स्कूल में कमी भी नहीं।

बहुत काम किया था। अस्पताल का निर्माण भी उनकी लिस्ट में था। दसवीं पास पार्वती भी उनके सपनों के साथ थी।

लेकिन बड़े हो गए लोहित की इच्छाएँ और थीं। वह विशाल आम्र वृक्ष की ऊँचाई की तरह हाथ में नहीं आ रहा था। पिछले दस सालों से वह उसकी परछाईं पकड़ने के लिए भागती रही थी, परछाईं हाथ नहीं आ रही थी।

उन दस वर्षों ने रामप्रसाद के साँवले हाथों, गालों में झुर्रियाँ भर दीं। गोरी, मासूम, कोमल, दुबली-पतली पार्वती झुर्रियों से अब भी अछूती थी। हाँ, मुँह इतना सा निकल आया था।

"चलो, अब झाड़ू-बुहारू छोड़ कपड़े सहेजना शुरू करो। कल सवेरे ही चल देंगे।"

पार्वती ने सिर उठाकर हौले से उनके उत्साह को देखा। वे कहते रहे, "चौदह-पंद्रह घंटे का रास्ता है। लोहित का ड्राइवर रात तक गाड़ी लेकर पहुँच जाएगा।"

वे फिर से वर्तमान में आ गए। पार्वती जैसे सुन ही नहीं पाई।

"यहाँ भी तो सब समेट रखना होगा न, देर करना ठीक नहीं।"

वे उठ खड़े हुए। उन्हें बेटे के पास पहुँचने की जल्दी थी।

"मैं नहीं जाती।"

आत्मदर्प से पार्वती का चेहरा तप गया। श्रम एवं अभिमान से गोरा चेहरा लाल हो उठा।

"आप हो आइए। उज्ज्वल को आँखों में बसाकर ले आइएगा।"

"लो, तुम्हें अब मान हो गया। इतने दिनों से सबसे मिलने की रट लगाए थी। आज क्या हो गया?"

"सुन रही मेरी बात? कहाँ खो गई?"

"इतने साल बाद उसे होश आया कि गाँव की गलियों में बूढ़े माँ-बाप उसकी बाट जोह रहे हैं? मैं नहीं जाती। तुम जा सकते···।"

"…मैंने मन को समझा लिया है। तुम भी समझा लो न पार्वती।" वे झाड़ू छीनते हुए बोले। पार्वती झाड़ू को कसकर पकड़े रही। एक तिरछी निगाह उन पर डाली। ऊपर सिर उठा, गौर से गाछ की ऊँची फुनगी को देखा। फुनगी पर चंद कोमल ललहुन पत्ते और हरियाए पत्ते लहरा रहे थे। गहरे हरे पत्तों से होते हुए जड़ तक उसने गहरी निगाह डाली, फिर सिर झुका लिया।

एक अस्फुट स्वर, "मैं समझना नहीं चाहती।"

"बैठो, पहले शांत हो लो।" उन्होंने गहरी साँस ली।

"मैं भी सोचता हूँ, इतने साल उसे हमारी सुध न आई। कभी देखने नहीं आया। बस, दो जोड़ी कपड़े और महीने में दस हजार भेज समझता रहा कि हमारी जरूरतें पूरी हो गईं। बुढ़ापे में बस पैसे और कपड़े हमारी जरूरत हैं?… बस, पैसे और कपड़े?"

वे भावुक होने लगे।

"हमारी भावना, हमारा अकेलापन, कब आज के बच्चे समझेंगे?"

पार्वती उनकी भावुकता देख बेचैन हो गई। झाड़ू पटक उनके निकट आ गई।

वे कहते रहे थे, "आज वे कहाँ समझ पाते हैं कि उनकी उपलब्धि, पैसे के परे भी उनका जीवन है। जहाँ उनकी नींव पड़ी, वहाँ कोई उनका इंतजार कर रहा है। नींव के पत्थरों को कितनी जल्दी भूलने लगे आज के बच्चे।"

पार्वती ने उनकी आवाज में नमी महसूस की।

"हमारी आँखें पथरा गईं। न खुद आया, न…। बस, शादी की खबर भेज दी।"

उनकी आवाज के गीलेपन को पेड़ की जड़ों ने भी महसूस किया।

"न पोते के जन्म का ही समाचार दिया। सारी खबरें बाद में मालूम पड़ती रहीं।"

वे खाँसने लगे। वे आहत। पार्वती समझ गई, भावनाओं के उठे ज्वार में उन्हें सँभालना जरूरी। उनके हाथ-पैर देर तक सहलाती रही थी। कभी घर पर ही ट्यूशन पढ़ानेवाली पार्वती उनकी इस जिद्दी खाँसी को अच्छी तरह पहचानती है। बच्चों की तरह उन्हें सँभालती है।

□

अमेरिकी मूल की बहू बेटे को ऑस्ट्रेलिया में मिली थी। दोनों उस समय साथ पढ़ रहे थे। लोहित को विदेश भेजने के लिए उन्होंने कई खेत बेच दिए थे।

लोहित पढ़ाई खत्म कर वहीं नौकरी करने लगा था।

पाँच साल रहा होगा कि वैश्विक होते समय में ऑस्ट्रेलिया गए भारतीय लोगों पर हमले होने लगे और बीच में ही अपनी फैमिली के साथ वह लौट आया था। कहना चाहिए लौट जाना पड़ा था। उसकी पत्नी और साल भर का लोहित साथ में था।

"अपने को तो देखते नहीं। आप ही बोलते थे न, कभी मुँह मत दिखाना। कैसे आता भला…।"

वह जब विदेश में शादी कर आने की अनुमति माँग रहा था, रामप्रसाद ने गालियों भरा खत लिख आने से मना कर दिया था। उस समय मुँह देखते उनका।

दुर्वासा मुनि को मात कर रहे थे। क्रोध ही जिंदगी का बड़ा हिस्सा। कौन कहता, वे लोहित के पिता थे। दुश्मन से भी बड़ा दुश्मन बन बैठा था अपना जाया। खबर भिजवा दी थी,

"खबरदार, जो मुँह दिखलाया। जहर खा लूँगा।"

नोएडा में रहने लगा, तब भी वही गुस्सा। कितने दिन बाद सेटल हो पाया, कोई खोज-खबर नहीं ली। उबलते-पकते रहे।

उन्होंने एक ही बंदिश तो डाली थी, "सब करना, बस, मेम से ब्याह न करना।"

वे सिर हिलाने लगे। उनके घुटनों पर हाथ रख पार्वती बोल पड़ी, "तुम्हारे गुस्से से डर गया होगा।"

रामप्रसाद हँसने लगे। देर तक हँसते रहे।

"अब ऐसे मत हँसो।"

"किसे समझाती है रे पगली। अपने को या मुझे ? बचपन में मारकर घर से बाहर कर देता था, तब तो नहीं डरा वह। हाथ-पैर दबा घंटों चिरौरी करता। अब ऐसे नहीं कर सकता क्या ? इतना बड़ा हो गया ?"

पार्वती का आत्माभिमान कभी खिसककर रामप्रसाद के पास चला जाता, कभी उसी के पास रहता। ऐसे भावुक क्षणों में दोनों एक-दूसरे को भरपूर समझाते। वे क्षण हर दूसरे-तीसरे दिन आ ही जाते। भरपूर जिद्दी क्षण।

रात होते ही गाड़ी ले, ड्राइवर सुरेश आ पहुँचा।

एक कमरे से बारी में जाने का रास्ता था। पतले गलियारे से तो था ही। पार्वती कमरे में थी। आगे आँगन में जाने के बदले वह पीछे बारी में जा कुएँ की जगत पर जा बैठी।

रामप्रसाद मनाने आए, तो साफ कह दिया, "मैं अभी नहीं जा पाऊँगी, जिद नहीं करो।"

अपने साफ-सुथरे आँचल को कमर के गिर्द लपेटते हुए दूसरी ओर मुड़ गई।

"मैं भी नहीं जाता, जा।" सवेरे अंततः गाड़ी लौट गई।

एक हफ्ते बाद फिर गाड़ी हाजिर। पार्वती का मान स्थिर न रह सका, जब उसने पाँच वर्षीय बच्चे को उतरते देखा। कुएँ से तुरंत निकाली गई बाल्टी पटकती चीखी थी,

"लोहित!···एकदम लोहित!!"

उज्ज्वल को पेट से चिपका कितने चुंबन जड़े, गिनती नहीं। अंदर कोठरी में बैठे रामप्रसाद भी निकल आए।

लोहित आया ? चिर प्रतीक्षा में लीन आँखें अनहोनी देख रही थीं। हतप्रभ हो गई वाणी उनकी। वात्सल्य रस से पार्वती का चेहरा उद्भाषित।

वे समझ गए, अब पार्वती का इंकार दम तोड़ देगा।

"मैं कहता था ना, यह तुम्हारे रंग-रूप का होगा। लोहित ने भी तो तुम्हारा ही रंग चुराया था। है न पार्वती··?"

"···मैं तो···।"

उसके चेहरे के रस से अभिभूत हो वे चुप हो गए।

उस घर के आँगन, बड़े से बरामदे, दालान, बारी, कुएँ, वृक्षों, सब्जी के पौधों तुलसी दलों, केले के पत्तों, आँवले के बीजों में अचानक बसंत आ गया। पतझड़ में गिरी पत्तियों, झरे पुष्पों, नंगे विटपों के बीच बसंत।

चौदह साल की उम्र में ब्याहकर यहाँ आई थी। उस पर वही कैशोर्य छा गया तुरंत, फिर जवानी आ गई। कभी चावल को सिल-बट्टे पर पीस छिलका बनाती, कभी भिगोकर अरवा चावल सुखाती, ढेकी में कूट मीठे गुड़ का अरसा तलती। क्या करे, क्या नहीं, समझ नहीं पा रही थी।

उसके घुटनों का दर्द, कलाइयों की सूजन, छाती-पीठ की जकड़न, माथे की पीर और दिल के हँसते घाव सब छू-मंतर! किस परी की जादुई छड़ी का कमाल?

आज तीनों के चेहरे से टपकनेवाली गर्मी वातावरण में फैली थी। कौन किसका पूरक, कहना कठिन।

□

दूसरे दिन सवेरा होते ही वे निकल पड़े। अरसा और पपरी (छिलका) साथ में बाँध लिया था। धूल भरे रास्ते पर क्रेटा आगे बढ़ रही थी। विभिन्न प्रश्नों से व्यस्त रखनेवाला उज्ज्वल निर्द्वंद्व सो रहा था।

लोहित के वेल फर्निश्ड फ्लैट में घुसते ही उन्हें बहुत अपना-अपना सा लगा। दरवाजा खोला उज्ज्वल की आया ने।

"साहब और मेम साहब दस बजे रात को आएँगे। ऑफिस में डेलिगेट आए हैं। उनको छुट्टी नहीं मिली। साहब बताने को बोले।"

उज्ज्वल के कमरे में ही उनका सामान लग गया। आया ने गरमागरम सूप पिलाया। टमाटर का सूप देख, पीकर हँसी पार्वती।

"ई बिलौती का रस है। ई सूप-दौरा क्या होता है जी?"

"अरे, इधर अब तो माँड़ को भी राइस सूप कहकर बड़े होटलों में बेचा जाता है।

पार्वती गंभीर हो गई, "सच? कितने लोग केवल माँड़ पीकर भूख मिटाते हैं। उसको यहाँ होटल में बेचा जाता है?"

उसके आश्चर्य का ठिकाना न था।

"उसको अच्छे घर के लोग तो नाली में बहा देते हैं। राइस सूप¨ ?"

तभी बाहर गाड़ी की आवाज आई। दोनों की आत्मा कानों में सिमट आई। वे खड़े हो गए। पार्वती के पैर काँपने लगे।

आया नीता आकर बता गई, "साहब लोग आ गए। कितना याद करते थे आप दोनों को।"

वह चली गई।

गाड़ी की आवाज कब बंद हुई, उन्होंने नहीं सुना, उन्होंने सुना, "मॉम, डैड आ गए नीता।"

"यस सर!"

दोनों का जी मुँह को आने लगा। कैसा चेहरा हो गया होगा?···उम्र की छाप पड़ी होगी?···मोटा हुआ या··· ?

मारे उत्सुकता के रामप्रसाद बाहर आ गए। तब तक वे अंदर घुसे।

पहले पिता, फिर माँ के आँसू बाँध तोड़ बह निकले। पार्वती तो बेहाल। उज्ज्वल को बेड पर छोड़, बेटे से लिपट हिचकियाँ लेती रही। पल ठहर गए। इन पलों में सारा मान, सारा गुस्सा, सारी शिकायतें बह गईं। बेटे के रूठे कपोलों को हाथों में भर लिया।

"तुम्हारी हथेलियाँ अब भी उतनी ही गरम हैं माँ···"

"इसकी जरूरत इतने सालों में कभी नहीं पड़ी। माँ-बाप से भी कभी कोई रूठता है? गाँव की वो गलियाँ कभी याद न आईं?"

उसके शब्द टूट रहे थे। पर संचित दर्द बह रहा था, जहाँ बचपन बीतता है, उसकी याद कभी कोई भूलता है? मैंने अब तक तुम्हारे कंचे, गिल्ली-डंडा, तुम्हारी स्लेट-पेंसिल, पहली कलम, पोतड़े-फलिया, पहले साल के सारे कपड़े सहेज रखे हैं। और तुमने जीवित माँ-बाप को अपनी जिंदगी से निकाल फेंका।

"तुम अकेले थोड़े न हो। तुम्हारे जैसे कई···।"

फिर अचानक उसे कोने में खड़ी बहू की याद आ गई। उधर मुड़ी कि गेग बहू की आवाज कानों में पड़ी, "मॉम, मेरे सन को भी आपकी गरम हथेली की नीड है।"

दोनों कंधों पर उसके हाथ पड़े। वह समझ नहीं पाई, क्या उत्तर दे।

मन कह रहा था, "ये लोग गाँव में नहीं रह सकते, तो क्या। हम यहीं साथ रह लेते हैं। मतलब साथ रहने से है।"

बहू का व्यवहार अच्छा था। समय नहीं दे पाते दोनों, बस यही कमी थी। सुबह सात बजे निकल नौ बजे रात तक लौट पाते। आते ही पार्वती ने घर सँभाल लिया। खासकर उज्जवल को। उसके खाने-पीने, सोने, खेलने का खूब ध्यान रखती। उसका मन भी रमा रहता।

लेकिन छह महीने में ही पार्वती का मन भर गया। उसने लोहित को सपरिवार गाँव में बसने की दावत दी। वह उसकी बात, उसकी चिरौरी नहीं टालेगा। टाल ही नहीं सकता। उन्हें पक्का भरोसा था।

वह अवाक् रह गई, जब लोहित ने उसका हाथ थाम लिया और उत्साह से किलकते हुए कहा, "थैंक्यू मॉम!"

"थैंक्यू? थैंक्यू किस बात का? तुम उज्ज्वल को सिखाते हो कि रिश्ते में नो थैंक्स, नो···।"

बात अधर में लटकी रह गई। वह बीच में बोल पड़ा, "···आपने इतने दिन मेरे बेटे की देखभाल की। अकेले घर पर उसे छोड़ने में चिंता होती थी। स्कूल से आने के बाद देखनेवाला कोई नहीं। स्कूल भी ठीक से नहीं भेज पाते थे। मेड भी आपके कारण ही इतने दिन टिकी।"

"तुम्हारा बेटा? उज्ज्वल सिर्फ तुम्हारा बेटा है!"

कंधे पर हाथ से सहलाते हुए लोहित अपनी धुन में बोलता रहा, "हम आपसे कब से कहना चाह रहे थे, हमें नॉर्वे जाना है।"

खुद को मुश्किल से सँभाला दोनों ने। चुप्पी, घनघोर चुप्पी पार्वती ने तोड़ी, "फिर बाहर जाने की बात क्यों? गाँव चलो।"

"नहीं मॉम, अब वहाँ क्या रखा है!"

रामप्रसाद ने भी कहा, "अब कहीं मत जाओ। इंडिया में रहो।"

"डैड, नहीं। हमारे सपने कुछ और हैं। हम···हमने पासपोर्ट, वीजा सब बनवा लिया है।"

लोहित के मुँह पर शिकन नहीं, उत्साह की झलक थी।

"अगले महीने की दस तारीख को जाना है।"

"अगले महीने···बीस दिन बाद? एक बार भी बताया नहीं? उज्ज्वल के बिना···।"

दोनों के मुँह खुले-के-खुले रह गए। पार्वती के बोल भी फूटे थोड़ी देर बाद, "अगले महीने? पूछने या बताने की जरूरत नहीं समझी? इतना रहस्य?"

"इस संडे को सुरेश आप दोनों को छोड़ आएगा। हम नहीं जा पाएँगे। ऑफिशियल फॉर्मेलिटीज पूरी करनी है। दो दिन के लिए उज्ज्वल भी चला जा···।"

"···दो दिन में क्या मिल जाएगा? नहीं, उसे थकाने की जरूरत नहीं।"

रात में नए वी.आई.पी. को पार्वती ने धीरे से खोल, तह किए गए कपड़ों के नीचे हाथ डाला। उसके हाथों में लोहित का बचपन आ गया। पुराने छींटदार बक्से को वेल फर्निश्ड घर से कब का बाहर फिंकवा दिया गया था।

उसने हौले से उज्ज्वल को देखा, वह बेड पर बेखबर सो रहा था।

फिर रामप्रसाद की ओर निगाहें डालीं। वे दीवार की तरफ करवट ले सोए थे। पार्वती को पता है, जगे थे।

उसने धीमे से लोहित के बचपन को उज्ज्वल के कबर्ड में उलट दिया··· नन्हें-नन्हें कपड़े, हाथ के बने गुड्डे, पहली वर्षगाँठ पर लोहित के सिर पर बाँधा गया मोरपंख, छोटी मोतियों की माला, छुटपन में कमर में बाँधा गया काले धागों का डंडकडोर, कंचे, छोटे-छोटे रूमाल···और मासूम हँसी, किलकारी।

दूसरे दिन ही उसने जिद मचा दी। लोहित, बहू, उज्ज्वल एक दिन रुकने के लिए कहते रहे, वह नहीं मानी। उसके आगे किसी की चली भी नहीं।

□

दोनों को क्रेटा छोड़ने आई। धूल भरे घर में घुसते हुए रात के नौ बज गए। सब तरफ धूल का गुब्बार। थोड़ी दूर कच्ची सड़क है। उसने उनके मुँह, कान, बाल सब धूल से भर दिए। सुरेश ने घर की सफाई करनी चाही, दोनों ने मना कर दिया। सुरेश की आवश्यकता यहाँ से ज्यादा वहाँ है। बहुत सारे कार्य निपटाने हैं। समय कहाँ है? उसे जल्द वापस भेज दिया गया। सुरेश को रात में खाने के लिए लोहित ने पैसे दिए थे। अतः उसकी चिंता नहीं थी।

उनसे कुछ खाया–पिया नहीं गया। खाट पर मोड़कर रखे गए बिस्तर खोल किसी तरह बिछाया रामप्रसाद ने और पड़ गए। पैताने पार्वती भी ढह गई। रात कैसे बीती, दोनों ने एक–दूसरे को नहीं बताया। वे चेहरे करुण रस से ओत–प्रोत।

एकदम भोर में रामप्रसाद की आँखें झपक गईं। धूप सिर चढ़ नाचनेवाली थी कि खुल भी गईं। पार्वती बिस्तर पर नहीं थी।

किसी कमरे में नहीं। रसोई में नहीं। पिछवाड़े नहीं। कुएँ में झाँका, वहाँ भी नहीं। वे बदहवास। कानों ने सुनना, आँखों ने देखना बंद कर दिया। उनकी घबराहट बढ़ी। वे घबराकर आँगन में आ गए।

पार्वती आम के पेड़ के नीचे खड़ी थी। उसकी गरम हथेलियों में दबी थी कुल्हाड़ी। पार्वती का चेहरा सर्द! आँगन के बीच में छोटी डालियाँ पड़ी थीं, ताजी कटी हुईं।

उसकी ओर देखने की उनकी हिम्मत जवाब दे गई। वे जानते थे, नौ रसों में से सबसे भयानक रस पार्वती के चेहरे को विकृत कर रहा होगा।

तभी खटाक की ध्वनि गूँजी और एक पतली, नन्हीं डाली फिर···।

लगा उन्हें, पार्वती पेड़ को धराशायी करके ही मानेगी।

□

# 11

# फैसला एक और

यह कथा समर्पित है, अनगिन भंडारों पर अनाज की अनगिनत सड़ती बोरियों और शातिर भूख को।

**सजा**

आज मैंने एक अजीब से केस का फैसला सुनाया। गवाहों के बयान ने केस को इस मोड़ पर लाकर खड़ा कर दिया कि मुझे फैसला देना पड़ा, हालाँकि यह बहुत कठिन था, फिर भी मैंने दिया—हैंग टिल डेथ।

फैसला सुनाते ही मैंने पेन की निब तोड़ डाली। किसी और को फाँसी की सजा न देनी पड़े, इसलिए कलम तो तोड़ दी, पर बात खत्म कहाँ हुई। सबके लिए बात खत्म, मेरे लिए शुरू।

मैं निरंतर फाँसी की सजा के खिलाफ आवाज उठाने की सोचता रहा हूँ। मेरा मानना है, हम जीवन दे नहीं सकते, फिर ले कैसे सकते हैं। ये मेरे अल्फाज नहीं, मेरे दिवंगत बेटे अमन के हैं।

वह भी जज था। एन.एच. 33 में हुए भयंकर एक्सीडेंट ने उसे हमसे छीन लिया। वह कार में था और अनियंत्रित हाइवा ने उसे सामने से टक्कर मारी थी। रफ्तार के शौकीन युवाओं की तरह वह भी हवा से बातें कर रहा था, लेकिन बातें वह गंभीर किया करता था।

मैंने अपने लंबे कॅरियर में पहले भी तीन-चार बार फाँसी की सजा

सुनाई है। हत्यारों को यह दंड दिया। लेकिन इस बार इतनी बेचैनी क्यों? क्या सिर्फ अमन के कारण, उसकी विचारधारा के कारण? हालाँकि अब काफी कम मृत्युदंड मिलता है। फिर भी वह कहता, "किसे मौत मिलती है पापा? अपराधी को या उसके घरवालों को?"

**बेचैनी**

बढ़ती जा रही है। उस हत्यारे की बातें, हाथ, चेहरा, आँखों के सामने अक्सर आ जाते रहे हैं। मैं सिर झटककर एक बार में उसे परे कर देना चाहता हूँ। वह बेताल की तरह मुझ पर सवार है।

याद आता है उसका हाथ झटकना। उसका इकबाले जुर्म, गवाहों का बयान, परिस्थितियों का दबाव और वकील की जिरह ने उसे फाँसी के तख्ते तक पहुँचा दिया। पर मैं क्यों इतना बेचैन हूँ?

मेरा काम हत्यारे-अपराधी को मात्र दंड देने का है न। मैं न्याय व्यवस्था का अदना सिपाही मात्र हूँ। मुझे अपने कर्तव्य को सही ढंग से अंजाम देना था, फिर यह सही-गलत का द्वंद्व मन की विकलता क्यों बढ़ा रहा है? इतने दिन गुजर गए, बेचैनी घटने का नाम ही नहीं ले रही।

कुछ है, जो कचोट बन सीने में जमा है, अबूझ, अनजाना सा। मैं मशीन था। अब मशीन से आदमी में क्यों बदल रहा हूँ? फैसला देने के बाद मशीन के अंदर एक तिकोना कोना बन गया है। मेरे ही फैसले ने यह क्या अनर्थ कर डाला? इस लाल तिकोने में बारंबार सूई चुभोने पर भी यह पिचकता नहीं।

खुद को चिकोटी काट कहने का मन करता है, चीखने का मन करता है कि हाँ! मैं भी आदमी हूँ।

**चीत्कार**

लंबी जिरह के बाद चुपचाप खड़ा रहनेवाला संज्ञाशून्य हत्यारा चीखा था, "हाँ! मैं हत्यारा हूँ। मैंने अपनी दो बेटी, चार बेटों को मार डाला। मैंने उस बनिए के बच्चे को भी मार दिया, जिसने एक पाव चावल देने से मना कर दिया था।"

सिर झुका हर अपराध स्वीकारता सा दिखलाई पड़नेवाला वह उस दिन नकारता सा लगा।

"मैं पढ़ा-लिखा आदमी हूँ हुजूर! मैं इंटर पास। कहीं नौकरी नहीं लगी, तो पुश्तैनी धंधा अपना लिया। मैं जगह-जगह घूमकर तमाशा दिखलाता था। मेरी वाइफ और बच्चे साथ रहते थे। पहले बचपन में अपने पिताजी का कमाऊपूत था, अब मेरे बच्चे बड़े हो गए थे।"

वह साँस लेने के लिए रुका। एकटक मेरी ओर देखते हुए कहने लगा, "मेरा यह नन्हां बेटा, जो मेरी वाइफ की गोद में किलकारी मार रहा है, वह सबसे बड़ा कमाऊपूत है। इसे जब हम फटे चिथड़े में लपेट चारों ओर गोलाकार घुमाते, खूब तालियाँ बजतीं। खूब शोर मचता। फिर साँस रोककर देखने, आनंद लेनेवाले सब लोग खुशी से पैसे उछाल देते।"

गोरी पर मैल से काली माँ की गोद में गोरा-चिट्टा, मैल से काला बच्चा किलकारी मार रहा था। मैंने एक निगाह डाली। उसकी पत्नी सहमी-सिकुड़ी बैठी थी। उसकी आवाज धीमी हो गई थी।

"तब पैसे की खनखनाहट सबसे ज्यादा होती और हम रोटियों के टुकड़े गिनने लगते, साथ ही अपने इन पिल्लों के सिर भी। बेटी बाँसों की कैंची के ऊपर पतली रस्सी पर चक्के के सहारे चलते हुए सबकी साँस को साँसत में डाल देती। हम तब भी खनखनाते सिक्के और रोटी के गणित में उलझे होते।

"जब मेरा दो साल का राजू रोटी के लिए रोता, मैं उसके गले में रंग लगा, मैला कपड़ा ओढ़ा लोगों को डराता कि रुपए, पैसे, चावल, आटा, रोटी कुछ भी घर से लाकर दो, नहीं तो तुम्हारे सामने ही इसकी गरदन रेत दूँगा।··· थोड़ी देर बाद आधी गरदन लटकती देख बच्चे-तो-बच्चे, बूढ़े-जवान भी सामान लाने घर की ओर दौड़ पड़ते। फिर वही रोटी और सिर का गणित।"

उस पतले-दुबले, लंबे से काले आदमी ने चारों ओर सिर घुमाकर देखा।

"कभी यह भूखा, तो कभी वह नंगा। उतने पैसे में अंधा ओढ़े क्या, बिछाए क्या? कभी-कभार टी.वी. में उलझे लोग अपने बच्चों के साथ इस तरह घरों में दुबके रहते कि चिल्लाते-चिल्लाते हलक सूख जाता मेरा, बीवी-बच्चों का। एक माथा भी बाहर नहीं झाँकता।

उसने आह भरी, "उस दिन भी पाँच-छह मोहल्ले खँगाल चुका था। चौक, चौराहे की भीड़ को आकर्षित करने की कोशिश भी बेकार हो चली थी। मेरी पुनो बेटी दोनों बाँसों को उठाए-उठाए बेदम हो चुकी थी। मानू बेटा भी बाँसों का बोझ नहीं उठा पा रहा था। एक दिन के भूखे बच्चों का दर्द मुझसे देखा नहीं जा रहा था, फिर भी चंद सिक्कों और पूरी-आधी रोटी के लिए हम भटक रहे थे।"

उसने एक लंबी साँस लेते हुए बीवी की ओर गौर से देख नजरें झुका लीं। सिर उठाया तो उसकी भूरी आँखों में आँसू थे। वह ठहर-ठहरकर कहने लगा—

"हारकर पुलिया के नीचे बने अपने आशियाने के पास के बनिए की दुकान पर पहुँच गिड़गिड़ा उठा। कभी भीख नहीं माँगी थी हुजूर, बहुत मेहनत लगी। दो छोटे बच्चे माँ की गोद में लुढ़क चुके थे। बेहोशी से निकालने का उपाय बस थोड़ा सा भात या रोटी थी।"

मैंने बहुत गिड़गिड़ाने के बाद भी उसे पिघलते नहीं देख एक पाव चावल माँगा। उतना भी देने को वह तैयार नहीं हुआ। ऐसी दुत्कार...ऐसी दुत्कार... जैसे रोड वाले कुत्ते को...पालतू तो बिस्कुट-दूध गोद में बैठकर खाते हैं।"

आँसू गालों पर बहते रहे, "मेरी हिम्मत और धीरज जवाब दे गया। एक पाव चावल तो मैं लेकर रहूँगा, मैंने ठान लिया। उस समय सबके साथ पुलिया के नीचे आकर पसर गया। हाथ में थामे गोलू को चिथड़े से बने टेंट के अंदर लिटाया। कंधे पर बैठी मुनिया पहले ही धीरे से उतर गई थी। एक हाथ से बाएँ कँधे पर लटके चक्के को उतारा और बगल में बने दो ईंटों के चूल्हे में चैलियों को डाल डेगची चढ़ा पानी उबालने लगा। पत्नी ने चार-छह पड़े उबले आलुओं को जगे बच्चों को खिला दिया।

"मैं रात गहराने का इंतजार कर रहा था। उस दिन खूब बारिश।... झमाझम! उसके चलते ही अँधेरा जल्दी हो गया था। बनिया दुकान बंद कर रहा था, जब मैं पहुँचा। सड़क सुनसान थी। मैं चक्के को थामे हुए था, जिसके बीच से कूदकर मानू और मुनिया करतब दिखाती थीं। मैं फिर गिड़गिड़ाया। फिर-फिर गिड़गिड़ाया, बस! एक पाव चावल...बस एक पाव...अच्छा चलो, आधा पाव।"

"वह पीठ देकर रुपए गिनता रहा···।

"बच्चों का चेहरा मेरी आँखों के सामने घूमा और मैंने उसके सिर पर चक्के से भरपूर वार किया। करता रहा। एक चीत्कार के साथ वह ढेर। मैं एक पाव चावल लेकर वापस भागा।"

इतना कहकर वह चुप हो गया। मैं उसकी चुप्पी में चीत्कार सुनता रहा।

**वादा**

कल मैं पटना से लौट रहा था। पटना में सम्मेलन में सम्मानित किया गया था मुझे। मैं वहाँ पर वहीं का था। लौटते हुए भी। रास्ते की हरियाली, खूबसूरती में गुम। शहर में प्रवेश करते ही पुलिया के नीचे सुगबुगाते जीवन को देख थोड़ी देर गाड़ी रुकवा दी।

पुलिया के नीचे इधर-उधर सोए पड़े लोगों, बगल में पसरे कान-सिर खुजाते कुत्तों, बोरासी में श्मशान से लाए गए अधजले कोयलों को तापते लोगों को देखता रहा। पहले कई बार उधर से आना हुआ था। आज पहली बार गौर किया। बोरों पर बिछे लोग पाँव पर पाँव चढ़ा बेतरतीब सो रहे थे।

पता नहीं क्यों, मुझे उस हत्यारे की याद आ गई। एक दिन इसी पुलिया के नीचे एक चूल्हे पर चढ़ी डेगची में पानी उबल रहा था। एक पाव चावल के लिए छटपटाता हत्यारा बनिए की हत्या कर एक पाव, बस, एक पाव चावल ला चुका था। बच्चे सिर पर सवार थे। अब भी, बोझ की तरह। उसने बीनकर लाए गए लकड़ी के चंद भीगे-अधभीगे टुकड़ों को चूल्हे में फिर झोंका। खौलते पानी में चावल डाल माँड़ बनाया। भर डेगची माँड़ और उसका पूरा कुनबा भूखा।

उसने खुद हिंडालियम की पिचकी कटोरियों, गिलासों, थालियों में माँड़ डाल सबको पकड़ा दिया। सबके साथ खुद भी लोटे में माँड़ डाल सुड़क-सुड़ककर पीने लगा। तृप्ति से सबके चेहरे तमतमाने लगे थे। दिन भर की थकान से पस्त सब थोड़ी देर में बेसुध।

सवेरे की धूप पुलिया से उतरती हुई नीचे आ गई। उससे पहले ही जागनेवालों ने अपना काम शुरू कर दिया था।

पर पति, पत्नी और नन्हें कमाऊपूत को छोड़ उसका कोई नहीं जागा। दिन चढ़ता रहा। उसकी सिसकी रुदन से विलाप में बदली। सब सोए ही रहे। वह रात से सोए पड़े जगेसरा को पीट कहता रह गया, "कुत्ते के पिल्लो! उठो।...उठो।...उठो।"

विलाप करते हुए संज्ञाशून्य हो गिर पड़ा। बीवी सिर पर दोहत्थड़ मारती रही। उसने अचानक देखा कि उसका पति हाथ में बड़ा सा कागज पकड़े हुए है।

हाथ से छुड़ाया, पर अखबार के उस टुकड़े को पढ़ न सकी। भुरभुराकर गिरते पाउडर को बस देखती रही। सब-के-सब अनपढ़। कोई नहीं पढ़ पाया।

उस पर लिखा था—भूख से किसी को मरने नहीं दिया जाएगा।

तारीख थी, 15 अगस्त

अखबार के टुकड़े को पुलिस ने बरामद किया था। पाउडर के अंश को फोरेंसिक लैब भेज दिया गया। अखबार के टुकड़े को भी।

मुझे कार में ही याद आया था, एक बार हत्यारा बोला था, "पता नहीं, यह मरदूद कैसे बच गया?"

बच्चा किलकारियाँ ले रहा था उस समय और हत्यारा पिता उसे नफरत से देख रहा था।

## नई सदी

नई सदी करवट बदल चुकी थी। मैं भी उन सबको भूल चुका था। अक्सर बेटे की बात याद आती। परिस्थितिवश उसे इग्नोर करना पड़ता।

एक दिन लॉन में ईजी चेयर पर बैठ 'गली आगे मुड़ती है' पढ़ रहा था कि गली के मुहाने पर टेर सुनाई दी। चेयर खिसका, आगे झाँका। सामने से एक महिला बच्चे को गोद में लिये हुए आती दिखलाई पड़ी।

उसके कंधे पर साड़ी का एक बड़ा सा झोला, बाएँ हाथ में डमरू था। वह दाहिने हाथ में थाम डमरू बजाने लगी। ठीक गली के पासवाले मैदान के पास। डमरू बजता रहा।

मैंने सोचा, अब वह बड़ी भीड़ के सामने झोले को उतारकर रख देगी

और साड़ी से बच्चे को बाँध जोर-जोर से झूला झुलाएगी। या झोले से रंग-चाकू निकाल बच्चे के गले के बीचोंबीच रख चाकूवाला खेल दिखाएगी या फिर…।

मुझे बाँस भी दिखाई देने लगा, जिसके सहारे वह झूला झुला सकती है। मुझे यह भी लगा कि झूलते-झूलते बच्चा मर जाएगा।

या माँड़ पीकर ही गुजर जाए। मैं अजीब तंद्रिल अवस्था में खड़ा रहा। डमरू बजता रहा। घरों के अंदर टी.वी. पर समाचार, सास-बहू के बेसिर-पैर के सीरियल, वल्गार नाच-गाने या रियल्टी शो चल रहा था, कोई नहीं निकला।

कुछ देर बाद वह आगे बढ़ने लगी। थोड़ी देर में ही आँखों से ओझल हो गई। मुझे लगा, कहीं यह वही तो नहीं?

अदालती कार्रवाई, फैसला, सबके बीच निर्विकार उसका चेहरा एक बार मेरी ओर घुमा था। खामोश आँखों में गजब की खुश्की, उलाहना। सजा देकर उठते वक्त नजरें उससे टकराई थीं और उस अनपढ़, बेबस, अनाथ की चमकीली आँखों ने जैसे उगला था स्पष्ट, "आप किसे सजा दे रहे हैं हुजूर? उसे या हमें? किसको मौत?"

तब से उलाहनों से भरी दो आँखें पीछा नहीं छोड़ रहीं। मेरे पीछे पड़ गई हैं, डबडबाई आँखें।

मैं अंदर की ओर पलटा। हाथ की पुस्तक नीचे गिर गई। उसे उठा, जल्दी से अंदर चला आया।

डरा, आगे की गली में बढ़ती हुई बेसहारा स्त्री दौड़कर न आ जाए और पूछ बैठे, "किसे सजा दी हुजूर? उसे या हमें? उसे तो मुक्त कर दिया, हमें क्यों नहीं करते?"

कब पीछा छूटेगा इन बोलती आँखों से, मैंने सोचा और लाइब्रेरी में आकर बैठ गया। फिर मुझे '*गली आगे मुड़ती है*' में मन नहीं लगा। मुझे गलियों में भटकती, बिखरती वह नजर आने लगी।

अब मुझे अमन और याद आने लगा था।

एक बार कोर्ट से लौटते ही अमन लिविंग रूम में मुझसे मिलने आ पहुँचा।

आते ही उत्साह से कहा था, "पापा! मैंने आज एक व्यक्ति को फाँसी की सजा नहीं दी। आगे की डेट दी है। कुछ भी सजा दूँगा। पर फाँसी नहीं।"

**दो महीने बाद एक और फैसला**

आज फिर हमारे पॉश एरिया में एक तमाशेवाली आई थी। अपने तीन बच्चों के साथ। ये इक्के-दुक्के लोग कभी-कभार तमाशे के साजो-सामान के साथ आ ही जाते हैं। मैंने खिड़की से देखा और कोई गलती नहीं की। मैं जानता था, इसी से मुझे सुकून मिलेगा। गार्ड मनोज को उसे बुला लाने के लिए फोन कर दिया।

वह सिमटकर खड़ी थी, जब कमरे में पहुँचा। उसके तीनों बच्चे उसका हाथ, कमर पकड़कर खड़े थे। सामान बाहर था।

"सुनो, कल से तुम यहाँ घर का काम सँभालने आ सकती हो। बच्चों की चिंता न करो। वे यहाँ तुम्हारे साथ रह सकते हैं। मैं उन्हें स्कूल भेजूँगा।"

□

## 12

# यह जीवन का कौन सा रंग है प्रभु

सूर्य देवता के कोप से धरती की फटी छाती ने कलुआ का दिल दहला दिया। धरती मैया और सूरज देवता की उपासना करनेवाला कलुआ अपने मालिक के दरवाजे पर जा पहुँचा, उनसे प्रार्थना करने के वास्ते।

भंगी कलुआ को द्वार पर देख कोठरी के अंदर से ही सुनंदा देवी चिल्ला उठी, "का रे कलुआ, भीतर काहे घुसता आ रहा है? चौखटवा छू दिया ना।… जा-जा, बाहर खड़ा हो। हम अभी आते हैं।"

उनके बरजते ही वह चौखट पर से हाथ हटा लकड़ी के पाए के पास जा खड़ा हुआ। बाहर के बरामदे में चौकी बिछी थी, जिस पर लाल दरी पड़ी थी। एक किनारे गावतकिया बेतरतीब रखा था। दरी की सिलवट… तकिए का पिचकापन बता रहा था कि अभी-अभी कोई उठकर अंदर गया है।

"मालिक कहाँ हँय मालकिन?"

"ऊ नहीं हैं। का बात है, हमसे कहो।"

"दस सेर चावल दे देते, तो हम सबका पेट थोड़ा भर जाता। ई बारी लगता है, बरसात नय होगा।"

"दस सेर नहीं, चार सेर ले जाओ। जगेसरा, ननकी, मँझली और तिलकवा भी माँग रहे हैं।"

सुनंदा अंदर जाकर ड्रम से चावल निकालने लगी। बड़े-बड़े ड्रम में

पिछले साल का ही चावल भरा था। मिट्टी के बड़े-बड़े ढक्कनोंवाली ठेली में भी पिछले वर्ष का धान भरा था।

बीच की अँधेरी कोठरी में एक मोटी दीवार थी। उसके बीच में भी खाली जगह बनी थी। उसमें भी धान भरा था। गमकौआ धान। उसके धान को गाहे-बगाहे ही निकाला जाता। छठी, मुंडन, शादी-ब्याह या परब-त्योहार पर। फिर मिल में कुटवाकर रख लिया जाता था।

थोड़ा सा पानी मिलाते ही मह-मह करते चावल के सुवास से आस-पास के नथुने फड़क उठते। उस अँधेरी कोठरी में बनी ठेली की इस खासियत को कुछ खास मजदूर ही जान पाते थे, जो बोरियों में भरकर गमकौआ धान को दीवार की बीचवाली खाली जगह में उलट जाया करते थे।

सुनंदा सूप से चावल निकाल दौरी में रखते हुए सोच रही थी, 'इस बार के सूखे के लिए और भी धान कुटवाकर रखना पड़ेगा। पता नहीं, कौन-कौन लेने आए।'

दौरी भर गई तो सूप को उस पर उलट दिया और गौरा को आवाज देने लगी।

गौरा मिट्टी के आँगन को लीपना छोड़ गोबर की एक छोटी सी ढेरी को पार कर आ पहुँची।

"का बात है माय, काहे बुला रही है?"

"जा तो ई दौरी बाहर दालान में रख दे। कलुआ आया है। ननकी भी आती होगी। हाँ, सेर-तराजू भी रख देना।"

गौरा घड़े में रखे गंदे पानी में हाथ डुबोकर धोने लगी। फिर पैर भी उसी पानी से धो घुटनों तक चढ़ाकर बाँधी गई नीली छापेवाली साड़ी को ठीक करने लगी।

नए बने सीमेंट के चहबच्चे से पानी ले, वह जल्दी से हाथ-पैर धो दौरी को उठाने लगी।

बाहर कलुआ से हटकर ननकी खड़ी थी। वह गमछे में बंस करील लेकर आई थी। गौरा के साथ सुनंदा भी बाहर आ गई।

"अरे! तू भी आ गई ननकी! करील लेकर आई है? अभी यह कहाँ मिल

गया ? तेरी बहू बोल तो रही थी कि तू बंस करील (बाँस के नवजात पौधे, जिसे इधर के गाँवों, शहरों में खाया जाता है) लाने गई है।"

"हाँ माय, ई उधर जंगल में बँसवा तले मिल गया था। हम अचानक देखे थे। ज्यादा नय, बस एकाध सेर मिला है।"

"सब हमको दे दो। हमारे लिए सब लाई ना ?"

"थोड़ा अपने लिए भी रखे हैं।"

"ठीक है, जितना है, दो।"

बाँस के नवजात उजले कोमल बच्चों के बचके सबको बहुत पसंद। ननकी गमछे को चौकी पर उलट, उसी गमछे को फैलाने लगी।

सुनंदा ने चावल नापकर गमछे में डालते हुए कहा, "याद है, पहले तुम लोग खुदी (चावल के बेकार टुकड़ों) से सामान बदलती थी, फिर धान से बदलने लगी। अब सीधे चावल से।"

"हाँ माय, अब कौन धान उसनाए, ढेकी में कूटे। चावले ठीक है। सहर में हम पइसा से देते हैं। ऊ तो आप हैं इसलिए चावल से बदल रहे हैं।"

कलुआ आगे बढ़ आया, "हमको पहले⋯।"

"अरे! हुँए रहो⋯हुँए रहो।"

सुनंदा घबराकर पीछे हटी। फिर थोड़ी वितृष्णा से कहा, "गौरा, उसे पहले देकर विदा करो। कलुआ, कल दोपहर को आकर पाखाना साफ कर देना। हर दू रोज पर आकर पाखाना-नाली साफ करना होगा, समझे ?"

एक महीना पहले बने नए शौचालय की सफाई जरूरी थी।

"हाँ माय, हम रोजे आकर सब साफ कर दिया करेंगे।"

पेड़, झाड़ियों के पीछे जाने की स्थिति से निजात मिल गई थी। सुनंदा सेप्टिक शौचालय बन जाने से बहुत खुश थी।

इस वादे के बदले कलुआ को चार सेर चावल मिल गया। सूप से उठाकर दूर से ही उसके खुले झोले में चार सेर चावल डाल दिया गया। वह हाथ-गोड़ जोड़ता चला गया।

"तुम थोड़ा रुको ननकी! गौरा, पानी ला के चारों तरफ छींट दे और

ताखा से गंगा जल की बोतल भी लेती आना। पूजा घरवाला छूना भी मत, समझी।"

गौरा मालकिन के आज्ञानुसार व्यस्त हो गई।

धीरे-धीरे कई लोग आए। सबको जरूरत के अनुसार चावल मिल गया। बदले में मुफ्त काम करने की शर्तें। या जरूरी सामान की आपूर्ति का आश्वासन।

पहले सभी एक-दूसरे के सामानों की अदला-बदली करते थे। अब सब शहर में चीजों को बेच अच्छी कमाई कर लेते। अब केवल मालकिन से इस तरह का लेन-देन चलता।

तपते मौसम, पेड़ों की अंधाधुंध कटाई, बादलों के समय-कुसमय रूठने के कारण घाम की मार बढ़ती जा रही थी। उधर दूसरे इलाकों में नदियों का जलस्तर बढ़ता जा रहा था। मानव की दोहरी जिंदगी, चरित्र की तरह प्रकृति भी रंग बदल रही थी।

सावन-भादों के महीने में कहीं सूखा, तो कहीं लगातार बारिश।

अजीब लीला देखने में आ रही थी। जो कभी सुना न, न देखा था, वह देखने-सुनने में आ रहा था। हर तरफ आह थी, भूख थी, चीत्कार था...आत्मा का हाहाकार। भले सूखाग्रस्त क्षेत्र हो या नदियों के तटों को घायल करते, तोड़ते-फोड़ते, विध्वंसक होते जाते जल का प्रकोप, हर तरफ भुखमरी।

सुनंदा ने सुना, ननकी, तिलकवा ने सुना, कलुआ ने या कई अन्य ने सुना, सबके मुँह से आह निकल पड़ी, "इधर हम सूखल धरती मैया के कारण मर रहे हैं, उधर इंदर भगवान का कोप। परलय हय...परलय! थोड़ा पानी इधर भेज देते, का जाता इंदर भगवान का?"

"हाँ! सही कह रहे हो। थोड़ा सा पानी बादल के रथ पर सवार हो इस इलाके में आता, क्या चला जाता ईश्वर का! सब तरफ संतुलन रहता।"

बी.ए. पास नंदू बाबू कहते, तो सब हाँ-में-हाँ मिलाने लगते।

वे आगे जोड़ते, पर ऐसा हो कैसे? प्रकृति ने चरित्र उधार ले लिया है, अपने से छेड़छाड़ करनेवाले मनुष्य से। कहीं छलने का चरित्र, कहीं लूटने का...अकेले प्रकृति ही संतुलन निभाने का जिम्मा क्यों उठाए।

कलुआ सुनंदा के कहे मुताबिक नियमित रूप से उनके घर आकर बारी से दूर बने शौचालय की सफाई कर जाता। घर के आस-पास भी फटकने से सुनंदा गंगाजल का छिड़काव कराने लगती।

अब भी वह पुरानी मान्यताओं, पुराने बंधनों से मुक्त नहीं हो पाई थी। होना ही नहीं चाहती थी। नंदू बाबू उसका ब्रेन वाश करने में लगे रहते, लेकिन वह वही लकीर की फकीर। कल ही कलुआ बरामदे पर चढ़ आया तो पूरा बरामदा लिपवाकर गंगाजल छिड़कवा दिया था। उसकी परछाईं से भी परहेज करती।

एक दिन कलुआ शौचालय को रगड़कर धोने के बाद नाली की सफाई कर रहा था कि जलजला आ गया अचानक।

परसों ही सबने सुना था, बगल के गाँव के पहलेवाले गाँव तक बाढ़ का पानी आ चुका है। उस गाँव के पास से गुजरती गंगा के बैराज के कई फाटक खोल दिए गए थे। नहीं खोलने से बारह-तेरह गाँव एवं अनेक कस्बे डूब जाते। भयंकर बर्बादी होती। कम बर्बादी के लिए उठाए गए कदम ने इस गाँव को भी चपेट में ले लिया।

सब गाँव में चेतावनी देना जरूरी नहीं समझा गया। चेतावनी दी गई भी नहीं।

कलुआ तेजी से नाली की काली गाद के साथ बह चला। बहते हुए उसके हाथ में लकड़ी का बड़ा सा कुंदा आ गया था। वह किसी तरह उसी पर सवार हो बहता रहा।

एकाएक सामने बरगद का पुराना पेड़ दिखाई दिया। पास से गुजरते वक्त बड़ी, लंबी जटाओं ने बाँहें फैलाकर कुंदे को सहारा दिया और जटाओं में फँसे कुंदे से वह उनके सहारे ही ऊपर एक डाल पर चला आया।

वहीं से उसने गाँव की बर्बादी देखी। हर तरफ पानी-ही-पानी···जैसे सागुंदर। मवेशी, छत, खाट, टीन, सब बह रहे थे। सुनंदा का सीमेंट से बना एकमंजिला नया घर भी डूब चुका था। झोपड़े तो टूट-टूटकर बिखर ही गए थे। कुछ डूब गए थे। मिट्टी, सूर्खी, बालू से बने घरौंदों का अस्तित्व भी खत्म। छप्पर बह-बहकर आ रहे थे। अनेक पेड़ों की कमर टूटी। टीले, तालाब, नदी-नाले सब बराबर।

इधर-उधर हाथ-पाँव मारते लोग। पानी के हाहाकार के सामने उनका हाहाकार मात। किसी की आवाज सुनाई नहीं पड़ रही थी। कहीं किसी के हाथ-पैर ऊपर होते, फिर जलमग्न। कभी लाल फ्रॉक, कमीज का उजलापन, मिट्टी लिपटी धोती दिखलाई पड़ती, शरीर की झलक मिलती, कहीं साड़ी जल में तैरती फूलकर ऊपर उठ जाती फिर पछाड़ खाते जल से हार मान सिमट बटी रस्सी सी हो जाती।

कलुआ पेड़ की डाल पर पैर लटकाए, उसी डाल को कसकर थामे बैठा था, डरा-सहमा, सिमटा हुआ। पेड़ जब हिलता, वह बेतरह घबरा जाता। अब बस गिरा कि तब, यही भय उसकी जान को हलकान कर रहा था।

अचानक उसने गौर से देखा, एक छप्पर के सहारे सुनंदा बहती आ रही थी। नंदू बाबू भी दूसरे छप्पर पर सवार थे। कई लोग सामने से बहते-छटपटाते जा रहे थे। मवेशी भी डूब-उतरा रहे थे। छप्पर आकर जड़ों से लिपट गया। बरगद की धराचुंबी जड़ों का कमाल!

कलुआ ने आवाज दी, "माय! माय! हिंया आ जाइए। हिंया बच सकते हैं।"

उसने बिना कुछ सोचे हाथ नीचे बढ़ा दिया।

मौत सामने थी, अचानक छप्पर टूटा और पलट गया। घबराई हुई सुनंदा ने दोनों हाथ ऊपर उठा दिए।

"बचाओ, बचाओ रे कलुआ!"

किसी ने किसी की बात नहीं सुनी।

डाल से पैर टिका बाएँ हाथ से मोटी जड़ पकड़ आधा लटका हुआ था कलुआ।

"आ जाइए। डरिए नहीं माय। कुछो नहीं होगा। लगता है, ई जड़ जमीन के अंदर तक गया है।"

सुनंदा कलुआ के हाथ का सहारा लेकर धीरे-धीरे ऊपर आ गई। उसी डाल पर कलुआ के कंधे को थामे बैठ गई। वह अब भी थर-थर काँप रही थी। थोड़ा स्थिर होते ही चिल्लाने लगी, "अरे, मालिक! मालिक कहाँ गए रे कलुआ? ऊ भी तो साथे बह रहे थे।"

वह भी चौंककर ढूँढ़ने लगा। तेज बहाव में जड़ों से कन्नी काट निकल गए छप्पर का एक कोना और मालिक की धोती दूर से दिखलाई पड़ी। फिर गड़प! जब तक कुछ समझ पाते, कुछ कर पाते, तब तक सब खत्म। चालीस के नंदू बाबू शेष!

उसने सुनंदा को बड़ी मुश्किल से सँभाला। वह कूदने को तत्पर। कलुआ उसे कसकर थामे बैठा रहा।

□

धीरे-धीरे नागिन सी फुफकारती नाराज गंगा शांत होने लगी। होती गई। चारों ओर विनाश, सबकुछ जलप्लावित! कुछेक लोग किसी तरह बचे रह गए थे। वे भाग्य और भगवान को श्रेय दे रहे थे।

बदबू से पूरा इलाका बेहाल। संज्ञाशून्य सी बैठी सुनंदा की तंद्रा भंग हुई। उसने सचेत हो गौर से भंगी कलुआ को देखा। कलुआ संडास साफ करनेवाला एक भंगी, उसे थामे बैठा था। वह चारों ओर फैले गंगाजल को देखने लगी...गँदले गंगाजल को।

अब गंगाजल कहाँ-कहाँ छिड़के—कंधों पर, हाथों पर, अपनी देह पर या पूरे वृक्ष पर? इसी गंगाजल ने तो यह दीवार तोड़ी है। नीचे गंगाजी का ठहरा पानी, मल-मूत्र, मृत जानवर-मानव, गोबर-नाली को बराबर करता हुआ। ऊपर शुद्ध-अशुद्ध में उलझा सुनंदा का मन। उसके मुँह से नहीं निकल सका, 'छि: ! छि: !!"

बल्कि दिल ने कहा, "जीवन का यह कौन सा रंग है परभू।'

तीसरे दिन तक जलस्तर सामान्य हो चला। तीखी धूप से वाष्प के रूप में भी उड़ती रही गंगाजी, इधर-उधर राह बना अगले शिकार की टोह में बढ़ती रही।

भूखे-प्यासे, गाछों के सहारे टिके लोग पेड़ों से उतरने लगे। पिंडली तक पानी में उतर अपने बिखर गए आशियाने को तलाशने लगे। भूखे-प्यासे लोगों की आहें चीख बन पूरे गाँव की हवा दहलाने लगीं।

किसी के पिता, किसी की माँ, भाई-बहन, किसी-किसी का सारा खानदान लील गई थी गंगा। परिजनों, मवेशियों की लाशें पानी पर उपला गई

थीं। कई बड़े आकाशचुंबी पेड़ भी जड़ों से उखड़ गए थे। कई आधा झुक मानो दंडवत कर बख्श देने की गुहार लगाकर उठ ही रहे थे।

सुनंदा बहुत देर तक बरगद के तने को पकड़ बैठी रही। उतरने की हिम्मत नहीं जुटा सकी। टूटी साइकिलें, बैलगाड़ी और सारे परिदृश्य उसमें दहशत पैदा कर रहे थे। बहुत जिद कर कलुआ उसे नीचे उतार लाया।

सदा गंगाजी में उतरने से पूर्व जल का स्पर्श कर सिर पर हाथ ले जानेवाली सुनंदा उसे प्रणाम न कर सकी।

दहशत से सुनंदा की आँखें फैलीं-की-फैलीं। घुटनों तक साड़ी समेट वह कलुआ का सहारा ले आगे बढ़ने लगी। कौन बचा, कौन काल-कवलित हो गया, कहना मुश्किल।

उसके तथा आस-पास के गाँव के लोग कितने बदल गए थे, लेकिन सुनंदा अपने को कहाँ बदल पाई थी। सदा कलुआ के जाने के बाद गंगाजल का छिड़काव करानेवाली सुनंदा का हाथ थामकर पानी, कीचड़ में आगे बढ़ता हुआ कलुआ अचानक चिल्लाया, "मालकिन, बचिए, साँप है।"

उसने तेजी से हाथ बढ़ा, साँप को पकड़, दो बार घुमाया और दूर फेंक दिया। दूर पानी में लहर उठी। साँप फिर तैरने लगा। वे रास्ता बदल आगे बढ़ने लगे।

"ओ कलुआ, क्या हुआ, यह पानी के अंदर से खून कैसे फेंक रहा है ?"

लाल होते पानी को देख वह चीखी। लालिमायुक्त जल के सीने को चीरते हुए उसका एक हाथ पकड़ वह बढ़ता ही गया। सामने एक टीला नजर आने लगा था। टीला अधगीला, अधसूखा! कीचड़ में लिपटा।

कलुआ सुनंदा का हाथ छोड़ जल्दी से टीले के किनारे बैठ दाएँ पाँव को उठाकर देखने लगा। उसके तलवे में एक नुकीली बिछिया अंदर तक धँसी थी। खून लगातार बह रहा था। बिछिया गड़े रहने के बावजूद चलते रहने के कारण आस-पास काफी कट गया था, जैसे ही खींचकर बिछिया निकाली, खून बल-बलकर निकलने लगा।

सुनंदा और भी घबरा उठी। जल्दी से उसने अपनी साड़ी का आँचल

फाड़ा, तह कर घाव पर रखा। दूसरे टुकड़े से पूरे पंजे को कसकर बाँध दिया। इतनी देर एक सी स्थिति में बैठे रहने के कारण सारी देह में अकड़न और दर्द था। अब स्थिर होने के बाद थकान, अकड़न और भूख ने सताना शुरू कर दिया।

दूर-दूर तक खाने-पीने की कोई सामग्री नहीं थी। कई लोग आकर टीले पर शरण लेने लगे। भूखे, प्यासे, हारे लोग। सुनंदा ने प्यास के मारे काँटे सी चुभन गले में महसूस की। वह उसी गंदे पानी को पीने के लिए उद्यत।

"नय, ई पानी मत पीजिए। इसमें कीड़ा है।"

चारों ओर पानी-ही-पानी, लेकिन पीने के लिए एक घूँट भी नहीं। चंद लोग तो नाक बंद कर उसी पानी को पी गए। कुछेक ने होंठों को तर किया, तब उनकी जान-में-जान आई। कलुआ ने सुनंदा को उस गँधाते पानी को नहीं पीने दिया, तो नहीं पीने दिया। वह बेहोश सी टीले पर लुढ़क गई।

आकाश में थोड़ी देर में पतंगों से हेलिकॉप्टर लहरा उठे। उनकी गड़गड़ाहट से सुनंदा की आँखें खुलीं। हेलिकॉप्टरों से ब्रेड, खाने की कई अन्य सामग्री से भरे बोरे, बिसलरी की बोतलें, कंबल, चादर; और तो और, माचिस की डिबिया तक गिराई जा रही थी। सारे लोग खड़े हो गए। उछल-उछलकर सामानों को लपकने की कोशिश में थे सब। पैकेट लहराते, पानी में गिर-गिर जाते। कुछ टीले पर गिरते। पकड़ते-पकड़ते पानी में भी लुढ़क जाते कुछ। कुछेक को पकड़ने में कामयाबी मिली, छीना-झपटी शुरू। भूख-प्यास ने सबकी हालत पतली कर दी थी। स्वार्थी भी बना दिया था। लड़-झगड़कर मार-पीटकर सूखे भीगे ब्रेड के पैकेटों को छीन-झपटकर खानेवालों की तादाद बढ़ रही थी।

कुछ लोग पानी की बोतलें मुँह से लगाए, सिर ऊपर उठाए गटागट पानी गले के नीचे उतार रहे थे। औरतें साड़ी, पाजामा, कुरते, लुंगी या जो भी कपड़े मिलते, उससे तन ढक रही थीं। बह गए कपड़ों के कारण अजीब सी स्थिति झेलती घुटनों के बल बैठी कुछ स्त्रियाँ अब निश्चिंत सी लग रही थीं।

गोरी-चिट्टी, दरमियाने कद की, दुहरे बदन की सुनंदा एकदम मुरझा गई थी। चेहरे का रंग झँवला गया था। सुनंदा की आँखें फिर बंद होने लगीं।

कलुआ टीले से काफी दूर जाकर थोड़ी सूखी कीचड़युक्त जमीन पर खड़े लोगों को देख रहा था। मरी मछलियाँ चुन रहे थे लोग। कोई अपनी कमीज उठा उसी में जमा कर रहा था, कोई धोती की लाग से थैला सा बना, उसमें मछली डाल रहा था।

कलुआ को खुद से ज्यादा मालकिन की फिक्र थी। दो-एक जन कच्ची मछलियों को ही चबा रहे थे कि हेलिकॉप्टर उधर आता दिखा। वे सतर्क, फिर धड़ाधड़ गिरते पैकेटों को थामने की होड़ शुरू।

कलुआ भी पावरोटी का पैकेट लपकने के लिए उछला। वह पैकेट कीचड़वाले पानी में गिर गया। वह अगला पैकेट थामने फिर उछला, वह भी गिर गया।

विषम परिस्थितियों में यही मालकिन-मालिक काम आते थे। हमेशा सबको अन्न देनेवाली अन्नदाता को ही आज भोजन की जरूरत थी। वह बेचैन होकर उछलता रहा। कुछ लोग कीचड़ में गिर गए पैकेटों से ही बिस्कुट, मिक्सचर, ब्रेड निकाल खाए जा रहे थे।

उन्हें दोनों हाथों से भकोसते देख वह अपनी तो नहीं, सुनंदा की भूख याद करता रहा।

बारंबार उछलने के बावजूद खाने का पैकेट हाथ नहीं लगा। पानी की बोतल थामने में वह सफल रहा। उसने अपने भीगे बालों को झटका दिया और तेज कदमों से टीले की ओर चल दिया। टीले पर चढ़ते हुए उसका काला रंग और काला होकर जल की बूँदों के कारण चमक रहा था। सुनंदा के पास घुटनों के बल बैठ गया।

उसका सिर उठाकर बोतल से चुल्लू में पानी ले, पिलाने की कोशिश करने लगा।

भकोसने में व्यस्त लोग चौंक उठे, "अरे! कलुआ···! देखो, कलुआ माय को पानी पिला रहा है।"

"हाँ, माय पानी पी रही है।''माय कलुआ के हाथ का पानी पी रही है।"

फिर सब खाने में व्यस्त हो गए।

कुछ लोग फेंके गए कबाड़ जला, कच्ची मछलियों को भूनने का जुगाड़ बिठा रहे थे कि सुनंदा ने आँखें खोल दी। उसकी डूबती साँसें व्यवस्थित होने लगी थीं।

□

# 13

# चीखें···सन्नाटा!

रात का सन्नाटा!···सन्नाटा घर में···बागीचे में···गली-मोहल्ले में···पूरे शहर में भी, लेकिन कल रात से ही गूँज रही हैं चीखें। कानों में, फ्लैट के कमरों में, दोनों बालकनी में, बाहर की बिछी चमकीली चाँदनी में।

अमृत जिधर भी जा रहा है, चीखें साथ चल रही हैं। बेडरूम में नीले प्रकाश के नीचे भी जैसे जमी रही थीं और वह भर रात जागता रहा था।

खिड़की के पार से झाँकते हरसिंगार के ऊपर छाए अँधेरे में भी उस पर सवार थीं। उसे हरसिंगार की ओर ताकने में भी डर लग रहा था। यह वही हरसिंगार था, जिसकी श्वेत, नारंगी आभा को देखने वह शाम से ही बालकनी या इस खिड़की के पास जम जाता। सवेरे-सवेरे वृक्ष के नीचे बिछ गए शिवली के उज्ज्वल, पवित्र फूलों को देखने पहुँच जाता। उसे चुनने, सजाने का काम उसकी फुफेरी बहन तृप्ति करती।

कल रात से गूँजती चीखों ने कहा, "बस! अब बस!!"

आत्मा की आवाज भी निरंतर चीख में बदलती जा रही थी, "अब बस!··· अब और नहीं··· ! बस··· बस··· स्टॉप!"

बुआ के पास रहता है अमृत। जब से उनके साथ है, अक्सर कहती रहती हैं वे, आत्मा हर गलत कदम उठाने से पहले रोकती-टोकती है। तुम गौर करना। वह न जरूर कहती है। यह तो आदमी है, जो उसकी सुनता नहीं।

"क्या बुआ, आप भी न, क्या बात लेकर बैठ जाती हैं।"

"मैं सही कह रही। बस अपनी अंतरात्मा की आवाज सुन ले कोई, दुनिया में कुछ गलत नहीं होगा।"

उसकी धर्मपरायण बुआ, नैतिकता-अनैतिकता में उलझी, इस जमाने में भी। माँ भी तो ऐसी ही थी। पता नहीं, उस जमाने के लोगों को क्या रोग घेरे रहता था। नैतिकता···आत्मा···आदर्शवाद···ईश्वर···पूजा···आस्था···भक्ति··· और न जाने क्या-क्या!

उसने सिर को झटका दिया।

वह अक्सर सोचता और बुआ की बातों को हवा में उड़ा देता।

इधर कई बार उसे महसूस होता, शायद बुआ और माँ सही। अमृत ने भी तो सुनी हैं वे आवाजें। हर समय। हर वारदात से पहले। यह दीगर बात कि उसने हर बार उसको अनसुना कर दिया है। सन्नाटें में लिपटे रहना उसे पसंद है। चीखें पीछा कहाँ छोड़ती हैं।

पूरे पाँच वर्ष अमृत के सामने रक्त-समंदर लहराता रहा है, जब से माँ ने उसके नेत्रों के सामने ही तड़पकर दम तोड़ा है।

माँ की नाक का बाल। वह उसे अपनी आँखों के सामने ही मरते देखता रहा था, कुछ कर नहीं सका था। माँ की मौत आँखों में खुदी थी। दिमाग के कैमरे में सबकुछ कैद, चेतन-अचेतन में।

अस्वाभाविक मौत का वह मंजर भूलने लायक था भी नहीं। वह वीभत्स नजारा!

अमृत ने अपने माथे पर हाथ रखा, माथा तप रहा था। माथे को अपनी तप्त हथेलियों से सहलाता हुआ वह अतीत के हवाले हो गया।

उस दिन भी उन्हें नववर्ष का समारोह हर वर्ष की तरह बड़े से क्लब में मनाना था। नुक्कड़, चौक-चौराहे, गली-मुहल्ले, सब जगह उल्लास का वातावरण! क्लबों, होटलों, पिकनिक स्पॉटों पर नववर्ष मनाने की जैसे होड़ सी मची थी। सब जगह गुलजार। दिसंबर के अंतिम दिवस की रात के बारह बजे तक विशेष आयोजन होते रहते थे। खासकर क्लबों, होटलों, कॉलेज-स्कूल के हॉस्टलों में। सदा की तरह अमृत का परिवार भी क्लब में आमंत्रित था। चीफ इंजीनियर पापा क्लब के मेंबर थे।

नौ बजे से विभिन्न कार्यक्रम आयोजित। मंच पर धीमे प्रकाश के मध्य संगीत की स्वर लहरियाँ तैर रही थीं।

डांसिंग फ्लोर पर जोड़े थिरक रहे थे। धीमे मधुर स्वर में बजते गीत पर मध्यम आयु वर्ग के लोगों का नृत्य भी बहुत शांत, मनोहारी ढंग से हो रहा था।

फिर ड्रम की आवाज पर मदमस्त हो कुछ जोड़े तेज संगीत के नशे में भी चूर–चूर हुए थे। खासकर युवा, किशोर, बच्चे। कुछ साठ पार के बूढ़े भी।

शराब पानी की तरह बह रहा था। अब तो जल की किल्लत भले हो, शराब की कहाँ होती है ! शराब के दौर–पर–दौर। सभी स्कॉच, व्हिस्की के नशे में झूमकर नूतन वर्ष की अगवानी को खड़े–बैठे थे। विभिन्न स्टार्टर, डिशों के साथ भोजन भी चल रहा था।

पापा, माँ, अर्पिता के साथ वह भी आनंद में निमग्न। बारह बजते ही आतिशबाजियों के शोर ने, बधाइयों ने, शैंपेन की खुलती झागदार बोलतों ने नवीन साल के आने की सूचना क्लब के कोने–कोने में पहुँचा दी। शोर बढ़ गया।

आधे घंटे के बाद अधिकांश अपने–अपने घरौंदों की ओर चल पड़े। क्लब में बोतलें लुढ़की पड़ी थीं, जूठी प्लेटें चेयर पर या डस्टबिन में। जिन्हें ज्यादा चढ़ गई थी, वे भी लुढ़के पड़े थे।

कुछ लोग अभी वहीं बैठने, लुढ़कने के मूड में थे, जमे रहे। साथियों का साथ देनेवालों की भी कमी नहीं थी।

पापा, माँ, अर्पिता के साथ वह भी सुनहली ऑल्टो गाड़ी में घर की ओर बढ़ा।

अभी–अभी ऑल्टो खरीदी थी। चारों बेहद प्रसन्न। अपनी बातों को शेयर करते, अनुभवों को बाँटते वे जल्द–से–जल्द घर पहुँचना चाह रहे थे। ऑल्टो मेन रोड में पहुँचनेवाली थी कि पतली, सुनसान गली का लाभ उठा, तीन–चार मोटर साइकिलों ने कब गाड़ी को चारों ओर से घेर लिया, उन्हें पता ही नहीं चला।

जब तक कुछ समझते, आठ रिवॉल्वर तन चुके थे।

ऑल्टो के ब्रेक लगने के साथ होंठों पर बिछी हँसी एवं शेयर करनेवाली बातों पर भी ब्रेक लग गया। इस अप्रत्याशित स्थिति ने साँसों में भय भर दिया। फिर पापा ने कड़ककर पूछा था, "कौन हो तुम लोग? क्या चाहिए?"

उनकी समवेत हँसी तीनों के डर का मजाक उड़ाने लगी। एकाएक हँसी पर रोक लगाते हुए एक शख्स बोला, "गाड़ी की चाभी दो और फूट लो यहाँ से।"

पापा ने स्थिति की नजाकत को भाँपते हुए तुरंत बात मान लेना उचित समझा। आठ तने आग्यास्त्रों के बीच चार बेबस जानें उन्हें विवश कर रही थीं, वे तनिक प्रतिरोध नहीं करें। अर्पिता का साथ होना सबसे बड़ा कारण था।

बगलगीर माँ चुप नहीं रह सकी। झट उन्होंने पापा का बायाँ हाथ थाम लिया। बहुत धीमे से फुसफुसाते हुए कहा, "आप बाहर मत निकलिए। तेजी से गाड़ी···।"

उन सबके तन-बदन में आग लग गई। माँ की बात पूरी नहीं हो सकी, रिवॉल्वर के शोले चमके और अमृत ने···सबने एक आह सुनी। माँ की आह के बाद पापा की ओर रिवॉल्वर। सबको काटो तो खून नहीं। दोनों भाई-बहन के मुँह से चीख भी नहीं निकल सकी।

जो नकाबपोश सबसे आगे था, उसके चेहरे पर पड़ा नकाब पलभर को हटा था, फिर उसने झट ढँक दिया। चाँदनी में इतना उजास तो था कि चेहरे की लकीरें तक नजर आ गईं। मोहल्ले का नामी दादा रसिक था वह। नई गाड़ी के प्रति वह पहले से ही लालच पाले हुए था शायद, लेकिन उसके बीच यह रक्त क्यों?

उन तीनों की हँसी सहमकर गुम हो गई थी। नूतन वर्ष के आगाज का वह समय रक्तरंजित था। सकते की हालत में थे तीनों। वे सब गाड़ी सहित नौ दो ग्यारह! अमृत, अर्पिता और पापा उन लोगों के द्वारा फेंकी गई माँ की लाश के साथ खड़े थे।

लाश एक ममतालु महिला की थी। ऐसी महिला, जिसने सदा ध्यान

रखा, चलते समय पैरों के नीचे चींटियाँ न आ जाएँ। परिंदों को दाने, गरीबों की सेवा···।

काफी दिनों तक···महीनों तक···नहीं!···नहीं!! सालों तक तीनों ठूँठ हो गए थे। क्या नववर्ष का आगमन इतना काला भी होता है! खुशी के माहौल में कैसे जहर घुल गया? अमृत सोचता।

"इनसान इनसान के खून का प्यासा कब तक रहेगा? वह भी अंधे लालच के लिए?"

उसे जवाब नहीं मिल पा रहा था। उसने पापा से पूछा था। उन्होंने जवाब दिया था, "सदियों से है, सदियों तक···शायद। लालच, मोह, बुराइयाँ खत्म नहीं होंगी कभी।"

माँ की मौत किंकर्तव्यविमूढ़ता बन उसके दिमाग पर जब छाने लगीं, पापा ने उसे बुआ के पास भेज दिया। बहुत व्यथित था तीनों का अहिंसक मन। आज तक किसी ने किसी का दिल कभी नहीं दुखाया था और उन्हें इतना बड़ा कष्ट!

अमृत मानसिक रुग्णता की ओर बढ़ता हुआ। उन्हें अफसोस नहीं, बुआ के दुलारे भतीजे को वहाँ पढ़ने के लिए भेजने का। अपने से दूर करने का। शायद बदला परिवेश उसे शांति दे। पापा अर्पिता के साथ वहीं रह गए।

हताशा-निराशा के कुएँ में ऊभ-चुभ करता अमृत का मन बुआ की सकारात्मक, उत्साहभरी बातों से भी शांत नहीं हो पाता।

पढ़ते-लिखते वक्त भी अक्सर अमृत हवा में गोलियाँ चलाने लगता। वह अपने आप को कभी माफ नहीं कर सका।

वह सोचता, क्यों नहीं बदमाश से रिवॉल्वर छीन सका था या माँ के सामने आकर खुद गोली खा सका था? खुद ढेर हो जाता, माँ तो बच जाती। माँ जैसे लोगों की जरूरत यहाँ थी।

कल्पना में जीने-मरने की बात सोचनेवाले अमृत की मनोदशा बुआ नहीं समझ पाती, फिर भी भाभी की भक्त बुआ समय-असमय नैतिकता की बात बताती रहती।

वह नहीं जानती, अमृत कल्पना में रसिक और उसके साथियों को भून डालता है। यह भी नहीं कि पथरीली राह पर बिछी लाल रक्त से सनी देह उसका पीछा नहीं छोड़ रही है। बदले का ज्वार-भाटा उसके मन-दिमाग के समंदर के तट पर पछाड़ें खा रहा है।

अंततः उसने बुआ से कहा था, "मैं सारी दुनिया में आग लगा दूँगा। रसिक जहाँ भी छिपा है, उसको वहाँ से ढूँढ़ लाऊँगा और···और···!

"कौन रसिक?···बोलो, कौन रसिक?"

"वही, जिसने मेरी जिंदगी में आग लगा दी। माँ को··· ।"

वह तुरंत चुप लगा गया। रसिक को वह स्वयं सजा देगा।

लेकिन उसे रसिक नहीं मिला, तो नहीं मिला।

सपने में फायर-पर-फायर करता वह अपने अंदर घुलते-मिलते विष से आक्रांत रहने लगा; और भी विवश और भी विषैला। उसके अंदर इतना विष जमा हो गया था कि वह उस शहर की पान दुकानों पर अड्डा जमाकर साजिश रचनेवाले शोहदों से जा मिला था।

उसे अपना साथी बनाते हुए वे सब भी बहुत हर्षित हो उठे। उन्होंने एक दिन अमृत के हाथों में देशी कट्टा थमाते हुए उसे कुछ नसीहत दे डाली। पापा अमृत के पास काफी पैसे भेजते थे। आवश्यकता से ज्यादा। उनका ध्यान इस पर भी था।

अमृत के भीतर जमे जहर और शोहदों की मित्रता ने पहले उसे नशे की गिरफ्त में लिया। वह गाँजा, भाँग, महुआ के दारु से लेकर अंग्रेजी शराब का दीवाना होता चला गया।

माँ की बात, बुआ की सीख याद आई थी। लेकिन उसने सिर को झटक दिया था, जैसे उन बातों, उन सीखों को राख की तरह झाड़कर आगे बढ़ गया हो।

पापा का पैसा कम पड़ने लगा था। नशे की लत की तरह रुपए का नशा भी चढ़ा।

"पैसा पैसे को खींचता है।···जितना पैसा बढ़ता है, उतना ही लालच भी।"

जानता था यह बात। सुनता रहा था मितव्ययी माँ के बोल। लेकिन फिर वही¨ कंधे को झटकना। अपहरण कर फिरौती माँगने, जान से मारने की सिर्फ धमकी देने से शुरू अपराध का कीचड़ दलदल में बदल चुका था। छोटे अपराध की कोशिशों ने धीमे-धीमे अमृत को दुर्दांत अपराधी बना डाला था।

वह इसके कारणों पर विचार करना नहीं चाहता था। किया भी नहीं। न आगत की सोच, न विगत की चिंता। बस रुपया-पैसा, बम-गोली, बारूद-बदला, चिढ़, गुस्सा और पता नहीं किस-किस तरह का विषवमन!

"आत्मा हर किसी को गलत कदम उठाने से पहले रोकती-टोकती है, वह तो आदमी है, जो उसकी आवाज को नहीं सुनता।"

उपदेश देने में माँ बुआ बन जाती, बुआ माँ, लेकिन उसे दोनों के उपदेश याद नहीं। वह याद करना भी नहीं चाहता।

बात अभी तक खुली नहीं थी, न पापा के सामने, न ही बुआ के सामने। बुआ बाहर के नाम पर केवल मंदिर जाती या रिश्तेदारी में। सब्जीवाला कोठी के पास ही आवाज लगाता। बाकी सौदा-सुलुफ फूफाजी लाते। कभी-कभार अमृत भी। बुआ-फूफाजी कोचिंग में घंटों सिर खपानेवाले बिन माँ के भतीजे को एकदम डिस्टर्ब करना नहीं चाहते।

"दिन-रात तो बेचारा अमृत कॉलेज, ये कोचिंग, वो कोचिंग में लगा रहता है। जरूरत पड़ी तो अपनी मैडम, सर से भी मिलता रहता है। फुरसत कहाँ उसे।"

दोनों बतियाते भी।

पापा दो-तीन दिन में कितना समझ लेंगे बच्चों को। अमृत के पापा उनसे अलग हैं क्या? पापा को उसे ए वन इंजीनियर बनाना था। सारी सुविधाओं से लैस कर उसे ए वन कोचिंग सेंटर में डाल दिया था। एक नहीं, दो-दो।

उसे विदेश भेजने का चिर सपना पूरा होकर रहेगा, वे आश्वस्त थे। अपने काम से फुरसत उन्हें मिलती भी नहीं।

अर्पिता छोटी थी। अभी-अभी आठ वर्ष बीते थे। कहने का मतलब उड़ती चिड़िया के पर गिनने की फुरसत किसी को नहीं थी।

बस, वह अपने आप को पहचानता था¨पूरी तरह। जिद सवार रहती।

बदला नहीं ले पाने की नाकामी भी। जिद और नाकामी शांत वसुंधरा को रक्तरंजित करने के लिए उसे उकसाती रहती थी।

कुछ साल यूँ ही पंख लगाकर उड़ गए। इन सालों में उसकी मासूमियत का पक्षी कहाँ खो गया, कोई नहीं जान सका, खुद भी। बाहर से एकदम भोला, दरमियाने कद का, दुबला, गोरा-चिट्टा, मीठी मुसकान का मालिक अमृत ऐसा-वैसा दिखलाई भी तो नहीं पड़ता।

इन सालों में वह बेखौफ योजनाएँ बनाता रहता था, अंजाम देता रहता था।

इस बार डॉ. शिशिर प्रसाद के बेटे के अपहरण की योजना कार्यान्वित होने के बाद वह मन-ही-मन हँसा था, जैसे रसिक से आगे निकल, उसे मात दी हो।

जब इस काम के संपन्न होने के बाद उसके हाथ नोटों की गड्डियों से भरा बैग आया, उसने उस बच्चे के सिर को अपने कट्टे की गोली से छलनी कर दिया था। एक क्रूर संतुष्टि उसके मन के भीतर उतरती चली गई थी।

उसे नहीं लगता, वह किसी मासूम, बेगुनाह की हत्या करता रहा है।

अमृत को लगता था—उसने फुफकारते आग्नेयास्त्र से जिसकी हत्या की है, वह कोई और नहीं, वह स्वयं है। वह कायर अमृत··.माँ की मौत का जिम्मेदार अमृत! रसिक को सजा नहीं दिलवा पाने का दोषी अमृत!

परिजनों के सामने ही किसी को मारते हुए नकाबपोश अमृत को बहुत आनंद का अनुभव होता था।

प्रिया! सात-आठ साल की बच्ची! उसकी जान उसने आज ली थी। वह चिल्ला रही थी जोर-जोर से, "भैया! मत मारो··· । मत मारो भैया मुझे।··· भैया!··· भैया!!"

"चुप!···चोप्प!!"

वह भैया! भैया! करती रही थी। पहली बार किसी को मारते हुए उसके हाथ काँपे थे।

फिर उसने उसकी जगह स्वयं को देखा था और एक साथ कई गोलियाँ उसके सीने, खोपड़ी में उतार दी थीं।

तब से वह बच्ची चीख बनकर दिल में उतर गई थी। अपनी अर्पिता बनकर भी। उसकी चीखें पीछा नहीं छोड़ रही हैं।

"मत मारो भैया!···मत मारो।···भैया!···भैया!!"

"आत्मा हमेशा गलत काम करने से पहले रोकती-टोकती है। मनुष्य है, जो उसकी सुनता नहीं।···सुन ले, गलत काम हो ही नहीं।"

यह आवाज फिर आई।

"बुआ की है या माँ की?···माँ की है," वह पहचान गया।

माँ अक्सर कहती रहती थी, "चींटी को भी बचाकर क्यों चलती हूँ, जानता है? हम किसी को जीवन दे नहीं सकते, फिर उसकी जान लेने का अधिकार हमारा कैसे?"

अमृत तीन खून कर चुका था। कभी भी आवाजों को बदले के दर्द के शोर को पार करते नहीं देखा। हाँ, मन चिहुँक उठता था हर बार।

"भैया! मत मारो···भैया···भैया!"

प्रिया के सिर की बाईं ओर जो बड़ा सा मस्सा था, वह अपनी अर्पिता के मस्से से कितना मिलता था।

अमृत सो नहीं पा रहा। शोर से दिमाग की नसें फटने लगीं। उसने दोनों अँगूठों से नसों को दबाया।

एक बार हलकी झपकी। फिर चीख से नींद खुल गई।

"अरे! अर्पिता?···क्यों चीख रही है?"

वह पसीने से भीग गया। मुँह में टपककर स्वेद-कण अंदर चले गए। खारा स्वाद। उसे चस्का-स्वाद लग गया है खून का। वह घबरा गया।

"भैया! मत मारो। भैया···!"

अर्पिता यहाँ कहाँ!

"···चींटी भी न मरे अमृत! सँभलकर चलो बेटा!"

"जब जागो, तभी सवेरा!"

सब गड्डमड्ड! शोर बढ़ता जा रहा था। कितने दिनों से वह इस शोर से जूझ रहा है।

रात का अंतिम प्रहर! अमृत को जल्द निर्णय करना है। वह उठा।

वी.आई.पी. को अलमारी के ऊपर से उतारा। पलंग के नीचे से बैग खींचा। बड़े बाप के बिगड़े बेटे ने सारे पैसे, गोलियाँ, पिस्तौल वी.आई.पी. से निकाल, बैग में रखे। बुआ के कमरे में झाँक आया।

धीरे से बाहर का गेट खोला। बाहर भी अभी तक सन्नाटा था। उसने गेट में ताला जड़ा और पास ही बहती स्वणरिखा नदी की ओर बैग थामे पैदल चल पड़ा।

अब अर्पिता की चीखें धीमी पड़ने लगी थीं।

□

# 14

# बड़ी माँ की गठरी

"यह तुलसी चौरा आज उदास क्यों लग रहा है ? क्या बात है कम्मो ?" अपनी छत पर कपड़े डालती अंजू ने कम्मो को अपने घर के बाहर खड़े देखकर पूछा।

"आज बड़ी माँ बीमार हैं न इसलिए तुलसी जी को जल नहीं डाल पाई।"

बड़ी माँ की आदत थी, बारह बजे के लगभग पूजा करने के बाद, तुलसी को जल दे, सूर्य को अर्घ्य देना और दस मिनट आँखें बंद कर बुदबुदाते हुए प्रार्थना करना। वे नित्य तुलसी के नवजात पौधों से लेकर प्रौढ़ पौधों तक में भखरा सिंदूर लगातीं। लगभग उसी समय अंजू कपड़े छत पर डालने आती। उनके घर के बाहर के बाग के एक कोने में तुलसी चौरे पर जल ढालते देख अंजू को अजीब सी शांति मिलती।

बड़ी माँ के शांत चेहरे से टपकनेवाली शांति अंजू के अंदर भी आ समाती।

मिट्टी के बागीचे में हाथ जोड़े खड़ी बड़ी माँ को वह कभी-कभी ही दुछत्ती पर आते देखती।

दोनों घर आमने-सामने थे। एक सीमेंट से निर्मित अधबना मकान, जिसमें बाहर की दीवार पर पलस्तर नहीं रहने के कारण ईंटें झाँका करतीं, दूसरा मिट्टी की दीवारोंवाला मिट्टी-गोबर से लीपा गया काफी पुराना

मकान, जिसकी जब-तब गिर चुकी मिट्टी के कारण नए ढंग से मरम्मत की जाती।

अंजू और शशिभूषण के आने के बाद से ही दोनों मकानों में दाँत काटी दोस्ती हो गई थी। ट्रांसफर होने के बाद इस ब्लॉक में आने पर शशिभूषण को घर खोजने में बहुत दिक्कत का सामना करना पड़ा। ऑफिस के गार्ड ने अपने इस मिट्टी के घर के सामनेवाला घर दिलवा दिया।

तब अंजू आ पाई थी। आस-पास घास-फूस की झोपड़ियों से घिरे इस अधबने मकान में रहते हुए अंजू की बहुत कम लोगों से दोस्ती हो पाई थी। फुरसत के क्षणों में कभी-कभार गार्ड साहब के घर आना-जाना रहता।

बड़ी माँ को आए एक सप्ताह हो गया था। घर की ढहती दीवारों को अपने कुशल हाथों के कमाल से बचाती, पिंडा पूजती, खाना बनाती बड़ी माँ। गोहाल साफ करती, गायों को दुहती बड़ी माँ। अपनी बंद छत पर आ खिड़की से झाँक, अंजू को देख मीठी, उदास मुसकान फेंकती बड़ी माँ।

आज दिखलाई नहीं पड़ी तो अंजू का चौंकना स्वाभाविक था।

"कब से बीमार हैं?"

"यही कल रात से। खूब बोखार है।"

कम्मो बुखार को बोखार ही कहती है। बड़ी माँ भी बोखार बोलती है। कम्मो के अन्य पाँचों भाई-बहन, माँ, गार्ड साहब सब बोखार ही कहते हैं। अंजू इसीलिए नहीं चौंकी। शशि बाबू की लुंगी तार पर डालती अंजू बोल उठी, "ठीक है, आती हूँ देखने। डॉक्टर को दिखलाया? दवा…?"

"… हाँ, पप्पा कल रात को ही होमियोपैथिक डॉक्टर से चार पुड़िया ले आए थे।"

अंजू ने सोचा था, दोपहर के आराम के बाद देखने जाएगी। पर छत से उतरते ही उसके पाँव कम्मो के घर की ओर मुड़ गए। लकड़ी के बाड़ को धूमकर पार किया और लकड़ी के फाटक की चरमराहट सुनते हुए सामने के बागीचे में बहुत दिनों बाद प्रवेश किया।

एक तरफ नारियल, एक तरफ बेल के पेड़ स्वागत करते मिले। जब भी बेल के पेड़ को देखती है, 'सिर मुँड़ाते बेल पड़े' याद आ जाता। वह

मुसकराकर अंदर चल देती। उसके घर के गगनचुंबी वृक्षों की कतारों से कहाँ दिखता था वह पेड़!

लेकिन अभी उसे कुछ याद नहीं आया। घुप्प अँधेरे कमरे में खपड़े के छेदों से आती धूप की पतली कतारों में उसने देखा, बड़ी माँ खाट पर अपने ही हाथ का बना लेदरा बिछाए लेटी हैं। कृशकाय, लेकिन भक-भक गोरी बड़ी माँ और दुबली लग रही थी। रंग तपन से लाल पड़ गया था।

"कैसी हैं, बहुत बुखार है ?"

उन्होंने न में सिर हिलाया।

"सिर दर्द कर रहा है, दबा दूँ?"

"नय, हम बेस हियऊ। चिंता नय करो।"

"आज आपको न तो तुलसी को पूजते देखा, न उपले थापते और न ही गेहूँ-चना सुखाते। मुझे आश्चर्य हुआ। वह तो अभी कम्मो ने बताया।"

वे निर्विकार अंजू को देख रही थीं। आँखों के पपोटे भारी थे। आँखों की थकान के बावजूद उन्होंने आँखें बंद नहीं कीं।

उन्हें बोलते हुए कम देखा था। सारी स्थितियों में तटस्थ। चुपचाप साधारण मुड़ी-तुड़ी लेकिन साफ साड़ी, ब्लाउज में कभी गार्ड साहब के घर की गायों को सानी दे रही हैं, कभी गोबर से पूरा घर लीप रही हैं, कभी खाना बना रही हैं।… कभी कुछ कर रही, कभी कुछ और। खाली बैठे हुए कभी नहीं देखा, लेकिन मुँह में जैसे जबान न हो।

पिछले वर्ष दीपावली में पहली मुलाकात हुई थी। उस समय दो महीने यहाँ रही थीं। उससे पहले उसने जाना भर था कि वे वहाँ आया करती हैं।

तभी अंजू ने उनके व्यक्तित्व को पहचान लिया था।

"तुम्हारी बड़ी माँ जैसी चुप रहनेवाली लेडी मैंने आज तक नहीं देखी।"

अंजू ने मुड़कर लकड़ी की मेज पर बैठी कम्मो की बड़ी बहन अनोखी से कहा। अनोखी सच में अनोखी थी।

"हाँ चाची, हाँ चाची" कहती वह कपड़े पर छपे फूल में सूई से लाल धागा भरती रही। लाल-हरे धागे से वह सोफे का कुशन बना रही थी। बड़ी माँ की गठरी वहीं उसके बगल में पड़ी थी।

"माँ कहाँ हैं अनोखी ?"

"खाना बना रही हैं। पप्पा आते ही होंगे।"

उसने सिर उठाकर एक बार देखा और दहेज के धागे में उलझ गई।

"याद है, आपसे मेरी पहली मुलाकात कहाँ हुई थी ?"

उनकी शांत चितवन अंजू को उकसा रही थी। आँखें लाल, चेहरा तपा हुआ पर कोई आह-ऊह नहीं।

"याद है ?" अंजू ने दुहराया।

"हाँ! इयाद है। बाहरे तो मिलले हलियो।"

इस बात के सहारे अंजू उस दिन तक बहती चली गई। अंजू ने जैसे उनके घर का फाटक खोला था, उसके हाथ में फाटक ने नया हरा रंग उधार दे दिया था। अंजू हाथ को देखती अंदर घुस आई थी कि कब से लटकी पकी बेल ऊपर से टपक पड़ी थी, नीचे खड़े गोलू के सिर को छूते हुए।

वह घबराकर गोहाल की ओर भागी थी। वहाँ नाद में भूसा सानती गौरवर्णी एक औरत थी। आवाज से चौंककर वह खड़ी हो गई थी। फिर लपकती आई। गोलू को झट सीने से सटा, उसका सिर सहलाने लगी। देर तक दोनों गोलू में उलझी रही थीं।

"याद है चाची, उस समय गोलू सिर मुँड़ाए हुए था। ऊपर से टपकी बेल सीधे इसकी बेल पर···।"

अनोखी उसी दिन की तरह खिलखिलाकर हँस दी।

"दोनों बेल··हा!··हा!!··टटका-टटका बेल मुँड़ाए था वह।"

तभी कम्मो आई। सामने पड़ी लकड़ी की तीन टाँगवाली मेज से मेजपोश उठा, बेरहमी से एक तरफ फेंका और मेज को अंजू के सामने रखने लगी।

"अरे! यह क्या कर रही है, अभी कुछ नहीं चलेगा।"

"बस, चाय पी लीजिए न चाची!"

वह जल्दी से बाहर बरामदे में बने चूल्हे के पास जा पहुँची। चूल्हे पर चढ़ी केतली से चाय ढाल लेती आई। तीन टाँगवाली मेज पर काँच का बड़ा गिलास रखा ही था कि अनोखी बोल पड़ी, "कप नहीं है ?"

"अभी-अभी तीन कप एक साथ शहीद हो गए। एक की तो डंडी टूटी है पहले से।"

"बस, तोड़ दिया न।···तुम न···।"

"झोला गेलय का गे?"

बड़ी माँ उठते हुए पूछने लगीं। उन्हें कप की चिंता नहीं थी।

"नहीं बड़ी माँ! जली नहीं। बाल-बाल बच गई।"

अंजू चाय पीते हुए बड़ी माँ से जो कुछ भी पूछती, उसका जवाब संक्षिप्त में दे वे चुप हो जातीं। इसी बीच अनोखी अपने दहेज के सामान को परे रख, बड़ी माँ की गठरी उठाने लगी।

बड़ी माँ की क्षीण आवाज, "नय···! नय छू।"

तब तक अपने आँचल से हाथ पोंछती कम्मो की माँ भी आ पहुँची।

थकान उनके चेहरे से टपक रही थी। आते ही खाट के नीचे से मचिया को खींच बैठ गई। हाथ-पैर दबाती बोली, "एकदम पस्त हो गए, इतना काम···। इनका काम भी तो बढ़ गया है। बाप रे!"

बड़ी माँ संकुचित हो उठीं। जैसे जान-बूझकर बीमार पड़ी हों। अंजू को बड़ी माँ का अथक कार्य याद आ गया।

अंजू थोड़ी देर में वहाँ से उठ आई।

भोजन के लिए शशिभूषण घर आए तो बातों में स्वतः बड़ी माँ उतर आईं।

"मैं नहीं जानती, उनमें ऐसी क्या खासियत है, लेकिन कम्मो की बड़ी माँ मुझे बहुत प्रभावित करती हैं। चेहरे पर इतनी शांति है, आप आकर्षित हुए बिना नहीं रह सकते।"

"ऊपर से शिकवा-शिकायत किए बिना ढेरों काम।" वे खाते हुए मुसकरा दिए।

"आज बीमार हैं तो पूरा घर हमेशा की तरह अस्त-व्यस्त। पाँच-पाँच बेटियों के रहते गंदगी और अव्यवस्था रहती है।"

"वे आती हैं, घर चकाचक। दीवाली में आती हैं, तो जगह-जगह उखड़ गई मिट्टीवाली दीवार को गोबर-मिट्टी से मरम्मत कर, चूना पोत पूरा घर चमका देती हैं। सारा काम अकेले ही सलीके से करती हैं। आज···।"

मुँह में ग्रास भरते हुए शशिभूषण ने इतना ही पूछा, "क्या हुआ?"

"बुखार है।"

"चिंता नहीं करो। ठीक हो जाएँगी।"

शशि बाबू ने फिर कुछ नहीं कहा। अंजू ही कहने लगी, "पहली बार तो मैंने उन्हें दाई समझ लिया था। एक साधारण सी सलवटों से भरी साड़ी में काम पर काम करते देख मैंने कम्मो की मम्मी को टोका भी था।"

"क्या टोका था?"

अपनी सीधी, सरल अंजू के सवाल वे समझ गए, फिर भी पूछा।

"यही कि कब से रखा कामवाली को? मेरे घर भी लगवा दो।"

अंजू को याद आया, कम्मो की माँ ने बताया था।

"अरे! दाई नहीं, कम्मो की बड़ी माँ हैं। गाँव से आई हैं। का करें, रहती भी तो वैसे ही हैं।"

एक दिन बाद गोलू बेंत की कुर्सी पर बैठ पॉकेट से कंचे निकाल गिन रहा था। थोड़ी देर पहले ही आया था। अंजू जान चुकी थी। पूछा, "गोलू, तुम्हारी बड़ी माँ गाँव जाना क्यों चाह रही हैं? माँ को कहो, रोकेगी। वहाँ कोई है भी तो नहीं।"

"नहीं मान रही हैं। कहती हैं, यहाँ उनका मन नहीं लग रहा है।"

"क्यों?"

"कहती हैं, वहीं मरेंगी, जहाँ डोली में बैठकर आई थी।"

"अरे! बुखार से कोई मरता है क्या! तुम लोग क्यों नहीं जिद कर रहे हो?"

"सब लोग मना कर रहे हैं, नहीं मान रही हैं।"

नुकीले चिबुकवाले गोलू का ध्यान फिर से कंचों पर।

बातों-बातों में कम्मो ने एक दिन बताया था, बड़ी माँ ने स्वतंत्रता आंदोलन के समय बड़े पप्पा और आठ-दस लोगों को पोरा के ढेर से भरी कोठरी में छुपा कर रखा था।

भूसे की ढेरी में सबकी पिस्तौल, डायरी, बम छिपाकर रखती थीं। सबको खाना बनाकर खिलाती थीं। उन लोगों का लिखा कागज लेकर,

कुछ लोगों को खाना खिलाने के बहाने सिर–मुँह ढँककर खेतों की तरफ जाती थीं। नाश्ते की पोटली सब में बँधी होती थी, जरूरी सामान और भड़काऊ लेख।

जब आजादी मिली थी, यही बड़ी माँ खूब नाची थीं··· खूब!

अंजू ने उत्सुकता से पूछा था, "तुमको तुम्हारी बड़ी माँ ने बताया?"

"नहीं! ऊ तो किसी को बताने नहीं देती थीं। उनकी ओर से एकदम मनाही थी।"

वह मुसकराई, "वह तो पप्पा एक दिन सबको बता रहे थे कि हमारे बड़े पप्पा कैसे अंग्रेजों से लड़े थे। उस समय बड़ी माँ यहाँ नहीं, गाँव में थीं। आजादी के बाद उन दोनों को सम्मानित किया गया था।"

बड़ी माँ की दृढ़ता, धीरता, संतोष का राज धीरे–धीरे खुल रहा था। अंजू दम साधे सब सुन रही थी।

"देखने में नहीं लगता कि···।"

"···इसीलिए तो अंग्रेज भी नहीं पकड़ पाए थे। कोई सोच ही नहीं पाया।" बीच में ही कम्मो बोल पड़ी थी।

सीधी, सरल, अपढ़, भुच्च देहाती महिला में ऐसा कुछ भी नहीं था, जो अविश्वास का कारण बनता।

अंजू आज फिर कम्मो के घर जा पहुँची। वे अपनी गठरी को खाट पर ही एक तरफ रखकर लेटी थी; और भी क्षीणकाय और भी कमजोर।

"अब मत जाइए, यहीं सबके साथ रहिए।"

उन्होंने धीरे से सिर हिलाया, जिसका मतलब न था।

"ठीक। पर अभी क्यों जा रही हैं? अच्छी हो जाइए, फिर चली जाइएगा।"

उन्होंने न में फिर सिर हिलाया।

"अब जाएँगे।"

"वहाँ डॉक्टर की सुविधा तो नहीं होगी। क्यों जिद कर रही हैं?"

उन्होंने कुछ नहीं कहा, लेकिन चेहरे पर दृढ़ निश्चय।

तब तक रिक्शा लेकर गार्ड साहब आ गए। वे उठकर चारों दिशाओं में प्रणाम करने लगीं। गठरी किसी को छूने नहीं दी। खुद ही उठाकर चलने को

उद्यत। गुड्डी, कम्मो की तीसरी बहन गठरी थामने के लिए आगे बढ़ी, उन्होंने हाथ के इशारे से मना कर दिया। कम्मो की मम्मी एक तरफ से घेरकर उन्हें रिक्शा तक लेती आईं।

सिर हिलातीं, हाथ उठा आशीर्वाद देती रिक्शा पर चढ़ीं। साथ में गोलू जा बैठा। हुड पर एक रंगहीन लोहे का बक्सा और गोद में गठरी। अक्सर उन्हें एकांत में इस गठरी से उलझते देखा जा सकता था।

हाँ, किसी की आहट पाते ही गठरी बाँधने लगतीं। पता नहीं, खाली मिले थोड़े से समय में भी उसमें क्या तलाशा करतीं।

रिक्शा चल पड़ा। कम्मो के पप्पा भी रिक्शा के पीछे चल पड़े।

गार्ड साहब को छुट्टी मिली सिर्फ एक दिन की। उन्हें गाँव पहुँचा, वे दूसरे दिन रात तक लौट आए। साथ में वहाँ का कमिया और एक महिला को रख दिया।

हफ्ते भर की दवा थी। अगले हफ्ते दवा लेकर फिर जाने का प्रोग्राम था, लेकिन तीन दिन बीतते, न बीतते कम्मो दौड़ी आई।

"चाची, चाची! हम लोग गाँव जा रहे हैं। आप घर देखिएगा न।"

"क्यों? क्या बात है?"

"बड़ी माँ बहुत बीमार हो गई हैं। एकदम आखरी···।"

"···अरे ! कैसे इतना ज्यादा···?"

"बहुत ठंडा मार दिया है। उनका हाथ-पैर ऐंठ रहा है। यहाँ भी आना नहीं चाह रही हैं।"

"पहले ही तुम लोग में से कोई उनके साथ चली जाती।"

"कैसे जाते चाची, सबका फाइनल एक्जाम है। हमीं लोग के चलते मम्मी भी नहीं गई। उसके जाने से गोहालो तो सूना हो जाता।"

कम्मो हड़बड़ाती हुई अपने घर लौट गई।

अंजू ने शशि बाबू से उन लोगों के साथ जाने की अनुमति माँगी। वह इतनी आग्रही हो उठी कि वे इंकार नहीं कर सके।

सिंह जी के परिवार के साथ वह भी चल पड़ी। आधे घंटे के बस के सफर के बाद बीस मिनट पैदल चलना पड़ा। अचानक बादल हो जाने के

कारण शाम में ही अँधेरा घिर आया। दूर से टिमटिमाती लालटेन की रोशनियाँ नजर आने लगीं। स्थान-स्थान पर बिजली के पोल गड़े थे। शाम की आँधी में कहीं तार टूट गया था और अँधेरे ने झट साम्राज्य फैला लिया था। वे थोड़ा और आगे बढ़े तो एक बैलगाड़ी पीछे से आकर रुकी।

"का हो, सिंह बाबू हैं का?"

"हाँ, हम ही हैं।"

"आओ हो, सब लोग बैलगड़िया पर बैठ जा। मालकिन के देखे जाइत हऽ का? खबर काहे नय करलऽ। हम आ जैतलियो।"

"का खबर करते, थोड़ी दूर की तो बात है।"

उसके अविचल आग्रह पर सबको बैठना पड़ा। पंद्रह मिनट बाद सब बड़े से ध्वस्त हो चले घर के बाहर थे। अँधेरा पूरी तरह गाँव को गिरफ्त में ले चुका था। लालटेन लेकर कई लोग दौड़े आए।

गाँव में पोल भी गड़ा था। बिजली भी हर घर में थी, लेकिन आँधी में कई तार टूटकर गिर गए थे। परसों ही। आज तक बन नहीं पाए थे।

सबको छोटे से दरवाजे को सिर झुकाकर पार करना पड़ा। गाड़ीवान ने अंदर जाकर एक किनारे खड़ी खरहरा खटिया बिछा, वहीं पड़ी चटाई उस पर डाल दी।

सामने ही एक और खटिया पर बड़ी माँ सोई थीं। साँस घर्र-घर्र करती चल रही थी। खाट के नीचे बोरसी रख के ठंड को मात देने की कोशिश जारी थी। उधर खूँटी से लटकी लालटेन ने उजाला बिखेरने की जिम्मेदारी सँभाल ली थी।

"अँधेरिया रात में हाथ को हाथों नहीं सुझा रहा है। वहीं इंजोरिया रहने से इत्ता अँधेरा नहीं मिलता। मालकिन सो रही है। उठा दें का बाबू?"

साथ में रहनेवाली कमलिया ने पूछा।

"नहीं, छोड़ दो। अब कैसी हैं?"

"वैसने हैं। का बताएँ, भिनसरे बदहोश पर बदहोश हो रही थीं। हम घबराकर संतोस को भेज दिए। एकदमे लग रहा था कि नय बचेंगी।"

बड़ी माँ बेसुध थीं। उठाना उचित नहीं था, किसी ने उठाया भी नहीं।

रात को उनकी तबीयत और गड़बड़ा गई। विचार हुआ, सुबह उन्हें लेकर बैलगाड़ी से वापस चला जाए। वहाँ डॉक्टर की सलाह से आगे निर्णय लिया जाए।

पर रात ही भारी पड़ रही थी। अभी तक आँखें खोल उन्होंने किसी को देखा नहीं था।

सवेरे उजाला फैलने से पूर्व ही उन्होंने आँखें उलट दीं। कोहराम मच गया। जिसने सुना, दौड़ा चला आया। घर के सामने मिट्टी के खलिहान में तिल रखने की जगह नहीं। सब यूँ रो-पीट रहे थे, जैसे उनका अपना गुजर गया हो। अब भी गाँव का वह अपनापा, एक-दूसरे के दुःख-सुख में खड़ा होने का जज्बा खत्म नहीं हुआ था। बहुत चीजें गुम गईं तो बहुत सी बची भी थीं।

अंजू की आँखें भी नम थीं। उनके साथ बिताए कई पल याद आ रहे थे। उनके साधारण, अचुंबकीय व्यक्तित्व के बावजूद उनसे प्रभावित अंजू उन्हें भूल नहीं पा रही थी। कुछ लोगों ने रोते-रोते बताया, "मालकिन का ई हाल नय होता। ऊ तो बलौक से लौटने के बाद दोनों-तीनों दिन मालिक के समाधि पर गई। कई घंटा वहीं बैठी रहती। टोकने पर भी नय उठती थी। हमलोग केतना कोसिस करते, नय मानती थी। इसलिए बोखारो बढ़ गया, साँसों धौंकनी जैसा चलने लगा।"

अर्थी उठी तो जैसे पूरा घर-आँगन, खेत-खलिहान, गोहाल-बारी सूना हो गया। अब मुँह अँधेरे किसी परिचित की आवाज यहाँ नहीं सुनाई पड़ेगी।

दूसरे दिन अंजू को लौटना था। लेकिन वह पहले कम्मो के बड़े पापा का समाधि स्थल, वह खेत, जहाँ स्वतंत्रता सेनानी छुपे थे तथा अन्य संबंधित जगहों को देखना चाहती थी। अतः उस दिन रुक गई।

सवेरे-सवेरे बिना बोले वह गोलू और कम्मो को लेकर निकल पड़ी। रास्ते में अपने खेत की ओर जाता जुराठ कंधे पर उठाए हुए एक खेतिहर मिल गया।

अंजू की इच्छा जानकर वह सब जगह उन तीनों को लेकर गया। अंत में समाधि स्थल पहुँचे सब। खूब साफ-सुथरा। गोबर से लीपा हुआ। आस-पास

चंपा, गेंदा, जूही के मुरझाए फूल पड़े थे, सूखे हुए। वहीं एक ओर बड़ी माँ की गठरी पड़ी थी। सबसे पहले उसी खेतिहर ने देखा।

"अरे! मलकिन का मोटरिया हिंए गिर गया! ऊ बदहोस हुई तो हमको होसे नय रहा। हम उनको इसी कंधवा पर उठाकर ले गए थे। मोटरिया हिंए पड़ल रह गया, देखबे नय किए।"

वह झट से गठरी उठा, गोलू को थमाने लगा।

"ले जा, घरे ले जा।"

कम्मो ने लपककर गठरी गोलू के हाथ से छीन ली और वहीं उलट दी।

"देखें, बड़की माँ क्या-क्या छिपाकर रखती थीं।"

"हाँ, उनका खजाना देखें। छूने नहीं देती थीं।"

गोलू भी उत्सुक था।

दो पिस्तौल, एक जोड़ी खड़ाऊँ, एक जोड़ी धोती-कमीज, डायरी और अखबारी कतरन, उसमें छपी दाढ़ीवाले व्यक्ति की तस्वीर!

"अरे! बड़े पप्पा!! यह तो बड़े पप्पा का फोटो है।" कम्मो, गोलू साथ बोल पड़े।

वह आदमी धीरे से बोला, "इनका हिंया पोरा के ढेरी में आग लगाकर जला दिया था।"

क्यों? अंग्रेजों द्वारा पकड़ लिये गए थे क्या?…कितने स्वतंत्रता सेनानियों के बारे में लोगों को पता तक नहीं।

अंजू बोल पड़ी, "अरे नय, नय! उ ससुर लोग तो परछाँही भी नय पा सका था। ई तो जात-बिरादरीवाला लोग दुश्मनागी में आग में झोंक दिया। सबको जमीन-जायदाद चाहिए था।"

एक बार गौर से अंजू को देख आगे कहा, "सुराज मिलने के अड़तीस साल बाद। सुराज में…।"

उसने गमछे से बार-बार आँखें पोछीं।

अंजू का मुँह खुला का खुला रह गया, "…सुराज में?"

मन में एक कसक सी उठी—

*शहीदों की चिताओं पर*

*लगेंगे हर बरस मेले !*
*वतन पर मरनेवालों का*
*यही बाकी निशाँ होगा !!*

फिर अंजू चुपचाप उसी कपड़े में एक जोड़ा खड़ाऊँ, धोती-कमीज, डायरी, अखबार की कतरन और दोनों पिस्तौल सहेज गठरी बाँधने लगी।

उसकी पलकों पर आहिस्ता से दो बूँद आँसू चमक उठे।

□□□